Die Wettermaschine

Die Wettermaschine

oder

Wie man Wetter richtig macht !

Michael Grotefendt

ISBN 3-8311-3806-0
Herstellung : Books on Demand GmbH Norderstedt

Vorwort !

Widmen möchte ich diese Geschichte all den Menschen die täglich über das Wetter wettern , egal wie dieses auch gerade aussehen mag . Sie finden immer etwas daran auszusetzen ! Ohne ihre Nörgelei wäre ich wohl im Leben nicht darauf verfallen eine Geschichte über eine Wettermaschine zu schreiben . Aber , tja nun , hier ist sie nun . Nochmals also Dank an alle Wetternörgler !

Dann möchte ich mich noch bei meiner Liebsten bedanken ! Sabine Beck , ohne Dich wäre diese Geschichte wohl nicht zum Ende gekommen . Nicht nur die Hilfe bei Übersetzungen sei hier erwähnt , allein Dein Glaube an mich und dieses Werk , und Dein interessiertes Lesen desselben hat maßgeblich dazu beigetragen das es fertig geworden ist . Deine Liebe hat mir immer wieder das nötige Vertrauen gegeben weiter zu schreiben . Danke Schatz !

Bei meinen bei mir lebenden Söhnen möchte ich mich ebenfalls bedanken . Marcel , Maik , ohne Eure Rücksicht wäre ich sicher nicht so schnell voran gekommen . Ich fand es Prima wie ihr mich habt schreiben lassen ohne zu stören (jedenfalls meistens *zwinker*) . Sollte ich Euch einmal nicht mein offenes Ohr geliehen haben wie es sich gehört dann entschuldige ich mich hiermit dafür ! Ihr seid klasse Jungs , danke dafür ! Auch an Maxi , meinen dritten , bei der Mama lebenden Sohn möchte ich mich bedanken . Wenn Du zu Besuch warst hast auch Du mich häufig mit meiner Geschichte teilen müssen . Hast so manches Mal auf meinem Schoss gesessen und mit beim Schreiben zu gesehen . Und warst doch meist brav dabei , Danke ! Auch meinen kleinen " großen " Freunden , Karl und Alex , spreche ich hiermit meinen Dank aus . Dadurch das sie mir ihr Ohr `geliehen` haben und die Geschichte von vorn bis hinten konsumiert haben während sie entstand , habe ich oft Ansporn und Ermutigung finden können .

Zum Schluss Dank an meinen Freund Andreas Schmidt, Geschäftsinhaber und Geschäftsführer der Computerfirma CNex , der durch sein freundliches Sponsoring das Erscheinen des Buches erst möglich gemacht hat !

Allen Erwähnten und Nichterwähnten vielen Dank und alles Gute für die Zukunft ! Und verfallt mir nicht auf den Gedanken das Wetter beeinflussen zu wollen ! Geht nicht gut aus , könnt ihr mir glauben !

Inhaltsverzeichnis !

1. Die Erfindung !   Seite 1

2.Das Verhängnis geht an den Start ,   Seite 16

3. ... und nimmt seinen Lauf !   Seite 28

4. Die Krise spitzt sich zu !   Seite 45

5. Brandbekämpfung !   Seite 62

6. Die Hausherren betreten die Bühne des
Geschehens !   Seite 78

7. Die Reise der Wettermaschine !   Seite 105

8. In Sultanina !   Seite 125

9. Frisch gewagt .... !   Seite 145

10. .. ist oft schon gewonnen !   Seite 161

11. In medizinischer Mission !   Seite 189

12. Wieder Daheim !   Seite 205

Die Wettermaschine

1. Die Erfindung

Der Professor saß in seinem Bastelkeller und drehte die Regulierschraube seiner neuen Maschine etwas weiter hinein . Eigentlich war er gar kein Professor sondern Maschinenbaumeister . Sein 16jähriger Sohn Alexander , genannt Alex , hatte ihm diesen Spitznamen gegeben . Ursprung dafür war die Erfindungsleidenschaft und mindestens genauso sehr die Zerstreutheit von Max Müller , die die Benennung mit dem Namen Professor geradezu heraufbeschwor ! Allerdings war Alex der einzige Mensch der Welt von dem sich Max mit diesem Namen ansprechen ließ . Jeder andere der es wagen würde ihn mit diesem Spitznamen zu titulieren , würde einen alles andere als zerstreuten Max kennenlernen . Bekannt war der Name allerdings beinahe jedem Einwohner in dem kleinen Heideort in der Nähe von Celle . Nun also war er wie gesagt dabei die Einstellschraube an seinem neuen Apparat etwas strammer einzustellen. Neben mechanischen Vorgängen lagen die Stärken von Max in chemischen und physikalischen Vorgängen , hatte er elektronische Probleme fragte er einfach seinen Sohn Alex , der ein typisches Beispiel der Computergeneration war und über ein umfangreiches Wissen in den damit verbundenen Bereichen verfügte . Die Maschine die auf der Werkbank des Bastelkellers stand , sollte möglichst einmal das Wetter in dem kleinen Garten der Müllers regulieren . Eine verrückte Idee, das musste selbst ihr Erfinder Max zugeben , aber er handelte wie immer nach seinem Lieblingsmotto ' Nichts ist unmöglich ' , und versuchte halt einfach sein Glück . Meist aber gingen seine Erfindungen ohnehin schief , weshalb er nur selten Außenstehenden von seinen Ideen erzählte . Beim ersten Probelauf vor einigen Minuten hatte die Maschine eigentlich einen Regenschauer im Keller verursachen sollen , war aber über eine tropische Luftfeuchtigkeit nicht hinausgekommen . Immerhin aber hatte sie bewirkt , daß eine schwüle Atmosphäre in den Kellerräumen herrschte und kondensiertes Wasser an den beschlagenen Fensterscheiben hinunterlief und dann zu Boden tropfte . Jetzt der Maschine über die Regulierungsschraube etwas mehr Power geben , dann konnte der zweite Probelauf beginnen . Der Regenguss hatte sich zwar nicht wie vorgesehen ereignet , aber andererseits hatten nur wenige Erfindungen des Professors überhaupt funktioniert , also konnte die steigende Luftfeuchtigkeit durchaus als kleiner Erfolg verbucht werden . Dementsprechend optimistisch ging Max jetzt an den zweiten Probelauf . Nachdem er den Startknopf gedrückt hatte passierte erst einmal gar nichts . Das entmutigte den Professor aber überhaupt nicht , denn beim ersten Start war das ebenso gewesen . Er drückte den Starter noch einmal , dieses Mal ein wenig fester , nichts geschah ! Der Professor ballte seine Hand zur Faust und betätigte den Schalter dann ein drittes Mal , will sagen er schlug mit der geballten Faust auf den Starter , so daß die ganze Maschine wackelte . Ohne Erfolg ! Wütend und ungeduldig trat er mit seinen schweren Arbeitsstiefeln gegen den Apparat , und siehe da es tat sich was . Erst ratterte das Ungetüm als wolle es gleich bersten , dann knallte es zwei - dreimal als wolle es ein Feuerwerk starten , und dann .... war Ruhe ! Die Maschine stand ruhig und bewegungslos vor ihrem Erfinder als wäre sie in Beton gegossen . „ Verfluchte Technik , warum nur habe ich mich jemals mit einem solchen Mist befassen wollen ? Funktioniert ja eh nichts so wie es soll !" , schimpfte der Prof und verließ entmutigt seinen Bastelkeller . Er war gerade die Hälfte der Stufen ins Erdgeschoss des Hauses empor gestiegen , da rummste es im Keller hinter ihm ganz gewaltig . Erschrocken sah er sich um und entdeckte , daß ein schneeweißer Qualm unter der Tür des

Bastelkellers hervorkroch . Die Rauchwolke sah aus wie die Wölkchen die sich mitunter auf einem sommerlich blauen Himmel sehen ließen . Verwirrt , aber auch beseelt von wissenschaftlichem Forscherdrang , machte Max kehrt und lief zu seinem „ Forschungslabor " wie er es nannte , andere würden Bastelkeller sagen , zurück , um nachzusehen was geschehen war . Vorsichtig nahm er mit der rechten Hand den Türgriff , holte noch einmal tief Luft und öffnete dann mit dem Mute der Verzweiflung die Tür zu seinem Allerheiligsten . Was er sah , hätte er in seinen kühnsten Träumen nicht erwartet . Direkt vor ihm befand sich eine Wand aus hernieder gehendem Regen , wie er selbst in regenreichen Regionen der Welt nicht alltäglich war . Ganz so dumm war seine Idee also doch nicht gewesen , obwohl sich der Professor auch eingestehen musste , daß ihn diese Leistungsfähigkeit seiner Maschine selbst überraschte . Unterdessen sammelten sich auf dem Boden des Kellers die ersten Pfützen , die sich zu kleinen Teichen auszuwachsen bereit machten . Es half also alles nichts , der Professor musste sich durch diese Wasserwand zu seinem Gerät vorarbeiten , um es abzustellen wollte er nicht noch die Freiwillige Feuerwehr des Ortes zu Besuch bekommen . Er holte also noch einmal tief Luft , hielt dann den

Atem an , und lief in die Sintflut vor seinem Blick hinein . Unter seinen Füßen spritzte das Wasser in alle Richtungen davon . Plötzlich fuhr ihm ein Schmerz wie ein Messerstich ins Knie . Vor lauter Regen hatte er nicht erkannt das er seine Wettermaschine bereits erreicht hatte , und stieß mit voller Wucht mit dem rechten Knie dagegen . „ Ob einen solchen Unfall wohl die Berufsgenossenschaft übernehmen würde ?" , schoss ihm spontan durch den Kopf . Das würde aber wohl kaum der Fall sein . Nachdem er sich das schmerzende Knie ausgiebig gerieben hatte kam er zu seinem ursprünglichen Vorhaben zurück , die Wettermaschine abzustellen . Inzwischen waren seine Kleider bis zum letzten Fädchen durchnässt und das Wasser rann dem Professor nur so am Körper hinunter . Endlich fand er den Schalter zum An - und Abschalten des Gerätes und legte ihn herum . Aber , verflixt noch einmal , es tat sich wieder einmal gar nichts . Max verfluchte die Tücken der Technik und versuchte durch erneutes Ein - und Abschalten des Gerätes doch noch ein Weiterregnen in seinem Keller zu unterbinden . Inzwischen reichte ihm das Wasser schon bis weit über seine Knöchel . Er war nur froh , daß er das Gerät gegen Nässe gut isoliert hatte , hätte er das nicht getan würde er wohl schon den Stromtod gestorben sein . Seine

Erfindung allerdings bekümmerte sich nicht im Geringsten um Max`s Bemühungen sie abzuschalten , immer stärker wurde der Regen der im Bastelkeller hernieder ging . Der Professor war beinahe am Verzweifeln als ihm doch noch eine geniale Idee kam . Was wenn er der Maschine einfach die Energie zum Funktionieren nahm ? Also tastete er nach dem Stromkabel das die Maschine mit Energie versorgte und zog dann mit einem Ruck die Leitung aus der Steckdose . Seine Wettermaschine seufzte noch ein letztes Mal auf , dann allerdings beendete sie den Regen , den sie vorher ohne Unterbrechung in den Bastelkeller hatte fallen lassen . Grund zur Entwarnung war das dummerweise nicht , zwar fiel nun kein Regen mehr , aber der vorherige Niederschlag hatte den Wasserstand im Keller auf eine Höhe von 40 Zentimetern steigen lassen . Max sah ein , daß er diesen Massen nicht alleine wirksam würde gegenübertreten können . Während er noch voller Erleichterung überlegte was gegen die Sintflut in seinem Keller am besten zu tun sei , tat seine Erfindung den nächsten Seufzer und noch bevor Max bewusst wurde was da eigentlich geschah sprang die Maschine wieder an und der Regen begann von neuem . Verflucht noch einmal , warum auch musste er bereits in dieser Phase der Erprobung den Akku für die Notstromversorgung , die bei Netzausfall einspringen sollte , einsetzen . Nun hatte er den Salat . Allerdings blieb ihm nicht viel Zeit sich ausgiebig darüber zu ärgern ,denn schon passierte die nächste Katastrophe . Das Wasser hatte nämlich inzwischen die ersten Steckdosen erreicht und mit einem lauten Knall gab es einen Kurzschluss und die Sicherung sprang heraus . Wenn das so weiter ging würde er noch das gesamte Haus renovieren müssen , und dabei hatte er noch Glück das die Sicherung so schnell reagiert hatte . Fast bis zum Knie im Wasser watend hätte er auch einen tödlichen Stromschlag abbekommen können . Vor Wasser blind tastete der Professor an seiner Maschine herum und suchte den Schalter für die Abschaltung der Notstromversorgung . Endlich fand er ihn und legte ihn um . Wieder stöhnte die Wettermaschine auf , blieb dann jedoch endgültig stehen . Sein Keller aber glich bereits einer Grotte im Meeresfels oder auch einem Schwimmbad , je nach belieben . Überall schwammen aufgeweichte Pappkartons , alte Schuhe und allerlei mehr was man so im Keller aufbewahrte herum und Max wusste nicht , sollte er sich freuen das seine Maschine funktionierte oder sollte er weinen weil er in seinem Hause fast ertrinken konnte ? Verzweifelt watete er in dem tiefen Wasser zu seiner Kellertreppe und ging dann hinauf ins

Erdgeschoss . Nun würde ihm wohl nichts weiter übrig bleiben als die Feuerwehr des kleinen Ortes zu Hilfe zu holen , und die würde er dann auch noch anlügen müssen , denn zum einen würde ihm die Wahrheit eh niemand glauben , zum anderen , wenn sie doch jemand glaubte , musste er befürchten das ihm seine Erfindung gestohlen würde oder die Leute ihm zumindest mit ihren Wetterwünschen nerven würden . Das aber wollte er in keinem Falle , jedenfalls vorerst noch nicht ! Er wählte also von seinem Telefon aus die 112 , teilte der Einsatzleitstelle in Celle , nachdem er Anschluss erhalten hatte , mit was geschehen sei und aus welchem Ort er sei , und wartete dann auf das Anrücken der örtlichen Freiwilligen Feuerwehr . Nachdem er den Hörer aufgelegt hatte fiel dem Professor ein , das es vielleicht besser wäre seine Maschine vor Eintreffen der Feuerwehr verschwinden zu lassen . Es würde schon genug Fragen und Unverständnis geben wie mitten im Sommer bei strahlend blauem Himmel und ohne Wasserrohrbruch eine solche Menge Wasser in seinen Keller gelangt war , die Anwesenheit der Maschine würde nur zu zusätzlichen Verwirrungen beitragen . Also Kellertreppe hinabgerannt , zum Bastelkeller gewatet , Maschine ergriffen und hinauf damit ins Schlafzimmer . Hier schob er sie unter den alten Tisch auf dem er einen Fernseher stehen hatte , und hinter dessen herunterhängender Tischdecke das Gerät perfekt verschwand . Kaum war das geschehen da hörte er schon Tatü Tata . Die Feuerwehr war im Anrücken ! Es dauerte eine geraume Weile bis die Männer ihm glaubten das sein Keller unter Wasser stand , doch dann pumpten sie ihn ihm geschwind leer . Unter den skeptischen Blicken seines Freundes und Brandmeisters Wolfgang Peters , der der örtliche Schuldirektor war , verteilte Max nach Beendigung des Einsatzes Bier und belegte Brötchen , die er schnell angerichtet hatte , unter den Feuerwehrleuten . „ Max , Max ! Wie hast Du das nur wieder geschafft ?" , sagte Peters gerade zu ihm . „ Ach lass mal Wolfgang ! Das glaubst Du mir sowieso nie !" , antwortete der Prof seinem Freund . „ Ja , das befürchte ich allerdings auch ! Dennoch würde ich mir Deine Erklärung liebend gerne anhören !" Max allerdings reagierte nicht auf diese Anspielung seines Freundes und wendete sich stattdessen von ihm ab , um einem der Feuerwehrmänner ein weiteres Brötchen zu reichen . Plötzlich stand Alex im Raum . „ Papa , was hast Du denn wieder angerichtet ? Was macht denn die Feuerwehr hier ?" , fragte er . „ Alex , was heißt hier WIEDER angerichtet ? Ich habe nichts angerichtet ! Weiß selbst nicht was passiert ist !" , Max wurde ungehalten ! „ Ja ja !" , antworteten Alex und Petersen wie aus einem Mund ! Grummelnd wandte sich der Prof um und verließ leise vor sich hin schimpfend den Raum . Alex und der Brandmeister sahen sich fest in die Augen , dann brachen sie in lautes Gelächter aus . Beide kannten sie Max zu gut um nicht zu wissen das dessen gerade gezeigtes Verhalten das deutlichste Schuldeingeständnis war zu dem der fähig war ! Nachdem sich alle Mitglieder der Feuerwehr gestärkt hatten und abgerückt waren wandte sich Alex an seinen Vater . „ Na Prof , was ist hier wieder schief gegangen ? Raus mit der Sprache !" Max konnte nicht anders , hintergründig lächelte er , während er seinen anklagend vor ihm stehenden Sohn ansah . „ Ich habe nichts gemacht , mein neunmalkluger Sohn ! Ich habe lediglich eine Wettermaschine gebaut !" „ So so , Du hast eine Wettermaschine gebaut ! Und die musst Du ausgerechnet in unserem Keller zünden ...." , erst jetzt schien Alex zu begreifen was sein Vater ihm da gerade erzählt hatte . Ungläubig , mit weit geöffnetem Mund starrte er Max an , dann aber fing er sich wieder ! „ Du hast wirklich eine Maschine gebaut die es vermag in unserem Keller Wasser zu erzeugen ?" „ Nein , ich habe eine Maschine gebaut die es in unserem Keller regnen lassen kann !" , antwortete Max nicht ohne Stolz . „ Das glaube ich nicht !" , wie vom Donner gerührt stand Alex vor seinem Vater . „ Na dann komm mal mit !" , forderte der Prof seinen ungläubigen Sohn auf . Er führte Alex in sein Schlafzimmer , holte die Maschine hervor , ging in den Garten voran , stellte das Gerät unter dem großen Apfelbaum ab und verschwand dann wieder im Haus . Der Garten der Müllers war von einer hohen Hecke umzogen , die den direkten Blick von außen verhinderte , so war also eine Entdeckung ihres Tuns nicht unbedingt wahrscheinlich . Gespannt harrte Alex der Dinge die da kommen sollten . Er kannte die verrückten Launen und Ideen seines Vaters zur Genüge . Meist funktionierten sie eh nicht , oder endeten in Explosion und Rauch . Das ihr Haus noch nicht in Flammen aufgegangen war , war dabei eher dem Glück , als dem Umstand sicherer Erfindungen Maxens zu verdanken ! Dementsprechend skeptisch war Alex auch während er auf die Vorführung seines Vaters wartete . Max verlegte inzwischen ein Verlängerungskabel aus dem Haus hinaus zum Apfelbaum , schloss die Wettermaschine daran an , kappte die Stromzufuhr der Notstromversorgung , dann versuchte er das Gerät zu starten . Beim ersten Mal seufzte sie nur . Dieses Seufzen klang jedoch beinahe menschlich , was Alex einen kalten Schauer den Rücken entlang scheuchte . Der zweite Versuch war dann etwas erfolgreicher . Die Maschine sprang an , lief jedoch stotternd und unregelmäßig , so daß ihre Kraft nicht ausreichte Regen oder auch nur einen geringen Nebel zu erzeugen . Alex wurde schon wieder leicht ungeduldig . Max hingegen war derart von seinem Tun beseelt das ihm nicht die geringsten Zweifel am Erfolg kamen . Schließlich hatte er ja schon gesehen das sie wunderbar funktionierte , warum also sollte er zaudern ? Ein drittes Mal drückte er den Schalter zum Einschalten ein , diesmal ganz ohne Reaktion ! Max sah seinen Sohn an , auf dessen Gesicht sich ein ungläubig , triumphierendes Grinsen ausbreitete , dann schlug er mit der Faust auf den Schalter . Als wäre sie durch Max` grobe Behandlung erbost zischte und fauchte die Maschine laut auf , begann stotternd zu laufen wobei sie dichten , weißen Nebel um sich herum verbreitete , dann aber stellte sie ihre Tätigkeit erneut ein . Alex Blick jedoch war nun plötzlich nicht mehr überheblich skeptisch , nein , er sah nun eher wie jemand aus der gerade einen grün/gelb gestreiften Elefanten durch ein Nadelöhr hat klettern sehen ! Saudumm erstaunt , nämlich ! Unterdessen wabberten die Nebelschwaden um den Apfelbaum und vermengten sich mehr und mehr mit der Umluft so das schon bald nichts mehr von ihnen zu erkennen war . Alex saß noch immer mit aufgerissenem Mund vor der Maschine und starrte sie ungläubig an . " Du machst ein Gesicht wie`n Gorilla beim kacken !" , flachste Max seinen Sohn an . " Dabei ist doch noch gar nichts passiert. Sie lief ja nicht mal richtig ! Warts ab , gleich geht's erst richtig los !" Alex bekam kein Wort heraus ! Entgeistert , ganz so als hätte er kein Wort verstanden starrte er abwechselnd seinen Vater und das Gerät im Gras vor sich an und hob in stummer Verzweiflung immer wieder seine Unterarme ein Stück an um sie dann wieder sinken zu lassen . Es sah aus als hätte ihm jemand beim Wiegen eines Babys auf seinem Arm den Säugling gestohlen und er würde es nicht bemerkt haben und deshalb seine Arme weiter schaukeln lassen . Ein weiteres Mal betätigte   Max   den Einschalter   der Wettermaschine , und als hätte es niemals Startschwierigkeiten irgendwelcher Art gegeben sprang die Maschine nun ohne stottern oder murren sofort an . Erst lief sie langsam und etwas unrund vor sich hin , dann aber beruhigte sich die Drehzahl der Apparatur und sie lief nun satt und rund , während sie dunkle Gewitterwolken über sich erzeugte . Wie erstarrt saß Alex da und sah sich das vermeintliche Wunder mit weit aufgerissenen Augen an . Da , plötzlich explodierte ein Blitz in der bedrohlich wirkenden kleinen Wolke die sich um den Stamm des Apfelbaumes gelegt hatte . Wie von einem Bogen abgeschossen schnellte Alex aus seiner hockenden Stellung auf in der er gesessen hatte , verlor dabei das Gleichgewicht und kullerte hintenüber mit dem Rücken ins ungemähte Gras des Müllerschen Rasens ! Auch Max hatte sich erschrocken als der Donner so plötzlich losgrollte , als er aber nun seinen sonst so coolen 16 jährigen Sohn wie eine tollpatschige Pinguinprinzessin nach hinten ins Gras rollen sah hielt er sich den Bauch vor Lachen . " Hey Alex ! Cool bleiben , Alter !" , äffte Max das Gehabe seines Sprösslings nach . Dem dumpfen Grollen des Donners folgten nun tatsächlich die ersten zarten Regenschlieren . Doch es blieb beim sanften Nieseln , das zudem auch nicht lange vorhielt . Schon bald war die Luft um den Baum herum wieder trocken und lediglich einige Reste der sich verstreuenden Gewitterwolken verrieten , das sich die Begebenheit tatsächlich ereignet hatte und nicht Alex` seiner überreizten Phantasie entsprang . Mit offenem Mund und weichen Knien bestaunte Alex diese Begebenheit . " Das war ja wohl die Wucht !" Tausend Gedanken rasten sofort im Kopf des pfiffigen Jugendlichen herum . Wie konnte man daraus eine Einnahmequelle machen ? Wer könnte Interesse daran haben das Patent zu der Erfindung zu kaufen ? Was konnten er und sein

Vater mit dem Erlös des Verkaufes alles anstellen[i]? Welche Länder sollten am Besten zuerst und sofort bereist werden ? Welche hatten Zeit bis später ? Nicht der geringste negative Gedanke schob sich in den vor Freude überschäumenden , jugendlichen Sinn . Ja ja , die Unbeschwertheit der Jugend !

Auf dem Nachbargrundstück der Müllers war Hans Georg Wollenwein gerade dabei seine hohe , dichte Hecke die das Grundstück zu seinem Nachbarn Max Müller abgrenzte , zu schneiden als dort der Blitz und dann der Donner sich entluden . Voller Neugierde begann er das Geäst der Hecke mit den Händen zu teilen um einen Blick zu Maxen hinüber zu erhaschen .

2. Das Verhängnis geht an den Start

Hans Georg und Max waren die besten Feinde , und wenn es also bei Müllers etwas gab , daß sich gegen Max einsetzen ließe , dann wollte Wollenwein das auch wissen . Und nicht nur wissen , nein , auch verwenden , verdammt noch mal ! Wo bliebe sonnst der Spaß an der Sache ? Also zwängte er mit bloßen Fingern das Geäst der Dornenhecke auseinander , sich dabei den einen oder anderen empfindlichen Stich abholend . Endlich hatte er sich einen ausreichenden Durchblick geschaffen um einen klitzekleinen Blick in den Müllerschen Garten erhaschen zu können . Diese Nachschau erfolgte gerade noch rechtzeitig genug um zu sehen wie aus einer kleinen Wolke die letzten Tropfen fielen ehe der Regen zu seichtem Geniesel abflachte . Vor Staunen blieb Hans Georg der Mund weit offen stehen ! Sollte es Max tatsächlich gelungen sein einen kleinen Regenguss entstehen zu lassen ? Das konnte doch nicht sein ! Und doch , deutlich war die Nässe unterhalb der sich auflösenden Wolke am Stamm des Apfelbaumes zu sehen ! Wollenwein stand wie gelähmt am Platz , unfähig auch nur die mindeste Bewegung zu tun . Jetzt konnte er hören , wie Max seinen Sohn Alex wegen dessen Ungläubigkeit auf den Arm nahm . Kein Zweifel , Hans Georg hatte richtig gesehen , hörte er doch gerade mit den eigenen Ohren Maxens Lästereien und die schwärmerischen Erwiderungen von seinem Sohnemann Alex . Er musste sofort loslaufen um diese ungeheuerliche Neuigkeit unter die Leute zu bringen ! Eiligst machte sich Wollenwein auf den Weg nach ...... ! Ja , wohin eigentlich ? Wer konnte wohl der rechte Adressat für eine solche Neuigkeit sein ? Hans Georg geriet ins Grübeln ! Dann kam ihm ein genialer Gedanke , wie er meinte . Schnellen Schrittes setzte er seinen Weg fort , nun mit einem bestimmten Ziel vor Augen . Das Rathaus des kleines Ortes Altmühltal war sein erklärter Zielpunkt . Schließlich war das Rathaus Anlaufstelle für alle Dinge des öffentlichen Interesses meinte Hans Georg Wollenwein . Und ein Gerät daß das Wetter veränderte war Objekt des öffentlichen Interesses , entschied er auch gleich so für die Öffentlichkeit mit ! Im Rathaus angekommen gebärdete er sich derart aufgeregt , das Sekretärin Maria Schulze keinen Moment im Zweifel darüber war , daß er eiligst zum Bürgermeister vorgelassen werden musste . Diesem berichtete Wollenwein dann , und erwartete gespannt gelobt und geherzt zu werden , schließlich warnte er die Welt vor dramatischen

Veränderungen ! Ach wie groß war dann seine Enttäuschung als Bürgermeister Honigtopf in schallendes Gelächter ausbrach , sich schier nicht mehr einkriegen wollte . Wieder mal an diesem Tage stand Hans Georg vor Erstaunen wie vom Donner gerührt da und war keiner Regung fähig . Ja sponn denn der Bürgermeister nun ? Es ging hier um die Sicherheit von Altmühltal , wenn nicht gar von Celle , oder der ganzen Welt ! Und der feiste Honigtopf kringelte sich vor Lachen ! Hans Georg war zutiefst empört ! " Wollenwein ! Wollenwein ! Sie sind echt `ne Wolke ! Haben sie vielleicht zu viel getankt gestern ? Hat man das schon mal gehört ? `Ne Maschine die Wetter machen kann !? An Ihnen ist ein Komiker verloren gegangen !", keuchte Honigtopf gerade zwischen zwei Lachanfällen heraus . " Aber Herr Bürgermeister ! Es ist wahr !" , stammelte Wollenwein konsterniert . " Ja ja , schon gut Wollenwein ! Sie haben es ja geschafft , sie haben mich ja gehörig auf den Arm genommen . Für eine Sekunde hatte ich doch glatt gedacht sie meinten es ernst ! Aber dann müsste ich ja nun die Heideklinik informieren , oder !? Der Gag war echt gut ! Fast zu gut Wollenwein ! Kommen sie mir nicht öfter mit solchen Geschichten , sonst müsste ich doch psychiatrische Hilfe hinzuziehen !" , noch immer schüttelte sich der

Bürgermeister vor Lachen . Wahrscheinlich hielt er seine harten Worte für eine weitere Steigerung von Hans Georgs vermeintlichen Scherz , dieser jedoch fand sie gar nicht lustig . Grummelnd verließ er das Büro des Ortsvorstehers . Darauf erst mal ein gutes Gekühltes , dachte er bei sich . Zielstrebig lenkte er seinen Schritt zur Schäferkaue hin . Die Schäferkaue war das örtliche Hotel und gleichzeitig die einzige Gastronomie im Ort . Hier also tobte der Mittelpunkt des gemeinschaftlichen Gesellschaftslebens der Altmühltaler Bürger . In sich versunken betrat Hans Georg das Lokal . Zu dieser frühen Stunde war es beinahe leer , erst zum Abend hin fanden sich die Bewohner des Heideortes hier ein . Einzig der Kebabudenbesitzer Kemal Ünüglü saß an einem der Tische und nippte an einer heißen Tasse Kaffee .   " Werner , zapfste mir mal bitte ein Pils ?" , stammelte Hans Georg zum Wirt der Gaststätte . " Oh ! Heute Durst auf meine Plürre ? Ist Dir dein Braukessel um die Ohren geflogen , oder wie komme ich zu der Ehre ?" Jedem im Ort war bekannt das Wollenwein begeisterter Hobbybierbrauer ist , und so hatte es schon manch hitzige Diskussion zwischen ihm und dem Wirt Werner Fass über Qualität und Geschmack des edlen Tröpfchens gegeben , wobei Wollenwein in seiner Wortwahl nicht immer zimperlich vorging . Kein Wunder also das Werner Fass diese Anspielung loswerden musste während er das Bier für Hans Georg zapfte. " Quatsch nicht so viel Werner ! In meiner Verfassung wird mir auch Deine Bullenpisse weiterhelfen ! Es geht mir ausnahmsweise mal um das Schwirren im Kopf , nicht um den feinen Geschmack !" , entgegnete Hans Georg gereizt . " Mann Wollenwein ! Dich scheints ja arg gebeutelt zu haben ! Hat Dich ein Raumschiff voller grüner Männer entführt ? Oder sonnt sich Claudia Schiffer nackt in Deinem Vorgarten und gibt Dir einen Korb nach dem anderen ?" , Fass hatte anscheinend seinen spaßigen Tag heute . Murrend goss sich Hans Georg das frisch gezapfte Bier in den Hals und bestellte direkt das nächste . Fass sah Hans Georg immer verblüffter an ! Immer wieder schielte er zu ihm auf während er ein neues Pils zapfte . Allerdings schien Wollenwein nicht sehr gesprächig zu sein . Starr blickte er auf einen imaginären Punkt vor sich auf dem Tresen und sagte kein Wort . Kemal Ünüglü saß die ganze Zeit stumm an seinem Tisch und beobachtete seine beiden Mitbürger voller Interesse . Diese Deutschen waren schon komische Gestalten ! In seinem Lande stritt man sich , oder man war befreundet ! Das aber wie im Falle dieser Beiden sich Leute stritten , im Grunde aber gerne mochten und achteten , kannte Kemal aus seiner Heimat nicht . " Sag mal Wollenwein , was ist eigentlich heute los mit Dir ? Machst echt den Eindruck als hättest Du Gespenster gesehen !" , fragte Fass gerade besorgt . " Ach Mensch Werner . Es ist aber auch zum verrückt werden ! Da stellt man eine Gefahr für die öffentliche Ordnung fest , meldet es dem Bürgermeister und wird zum Dank dafür von diesem verspottet . Musste Dir mal vorstellen !" " Aha !" , war das einzige das Fass erwiderte , dabei einen nicht sehr intelligenten Ausdruck auf dem Gesicht . Es war ganz offensichtlich das er noch immer nicht verstand von was Hans Georg Wollenwein sprach . " Na gut ! Hör zu , ich werde es Dir erklären !" , verschwörerisch sah Hans Georg Fass an . Mit einem Seitenblick auf Ünüglü begann Wollenwein in gedämpftem Ton zu erzählen was er im Müllerschen Garten beobachtet hatte . Als er geendet hatte blickte er mit Stolz im Auge auf den Altmühltaler Wirt , darauf wartend , von diesem mit Bewunderung und Hochachtung angesprochen zu werden . Dieser machte erst einmal ein Gesicht in dem das Staunen bildhaft sichtbar wurde ! Immer weiter öffnete sich sein staunender Mund , die Augen starrten wie gebannt auf Wollenwein ! Meinte der das wirklich im Ernst was er da eben erzählt hatte , fragte sich Fass . Dann konnte er sich plötzlich nicht mehr halten ! Laut , beinahe brüllend , fing Werner Fass an zu lachen ! Sein Bauch wippte und wackelte im Takt seiner Lachattacken auf und ab ! " Oha , Hans Georg ! Das ist gut ! Das ist wirklich gut !" , keuchte er zwischen zwei Lachanfällen hervor . " Was soll das eigentlich ? Bist Du nun verrückt geworden oder was ?" , fragte Wollenwein verwirrt . " Sag mal , hast Du vielleicht anstatt Dein Dünnbier zu brauen Schnaps gebrannt und diesen dann aus Deinen Maßkrügen gekippt ? Oder warst Du zu lange in der Sonne ? `Ne Maschine die Regen macht ! Ich werd nicht wieder!" , Fass keuchte und schnaufte vor lauter Lachen . Eine regenmachende Maschine ? Kemal spitzte die Ohren ! Das klang ja äußerst interessant! Was nämlich niemand in Altmühltal , und auch im Rest Deutschlands wusste , war , daß Kemal Ünüglü in Wahrheit Ali ben Gros in Not hieß und aus dem kleinen Scheichtum Sultanina im Persischen Golf stammte ! Er war ein Verwandter des regierenden Scheichs von Sultanina . Da aber Sultanina ein extrem verarmtes Scheichtum war und somit für ihn dort kein Auskommen war hatte Ali die Konsequenz gezogen und war nach Deutschland emigriert . Kaum in Berlin angekommen , bemerkte er die schwärmerische Liebe der Deutschen zum türkischen Kebab , und schon war er zum Kebabgriller Kemal Ünüglü mutiert ! Für die dummen Deutschen sahen doch eh alle Südländer gleich aus , so war das auch niemandem aufgefallen . Schon lange träumte Ali davon seiner Heimat zu neuem Reichtum und Ansehen zu verhelfen . Da er begeisterter Hobbygärtner war schwebte ihm ein Gemüseexporteur wie Holland vor , was aber an der Sandwüste seiner Heimat scheiterte . Bisher scheiterte ! Denn mit einer Maschine die Regen machte ...... ! Kein Wunder also , daß Ali , alias Kemal interessiert aufhorchte als er die Bemerkung von Werner Fass hörte . Zu seiner Enttäuschung bekam er aber nicht mehr als die gelachten Worte des Wirtes mit und nun verlies Hans Georg Wollenwein verärgert das Lokal , so war also auch keine Hoffnung doch noch mehr mitzukriegen . Nach kurzem Zögern stand Kemal auf , zahlte den Kaffee den er getrunken hatte und eilte Wollenwein nach ! Als Kemal auf die Straße trat , konnte er sehen , daß Wollenwein anscheinend zu sich nach Hause unterwegs war , jedenfalls war das die Richtung die er eingeschlagen hatte . So recht wusste Kemal nicht wie er Hans Georg ansprechen sollte . Zwar kannten sich in dem kleinen Ort Altmühltal alle Einwohner untereinander , Kemal aber war noch immer der Neue ! Dazu auch noch so etwas wie ein Exot , da er Ausländer war ! Und Wollenwein zählte nicht gerade zu den tolerantesten

Altmühltaler Bürgern so das man hätte vermuten können er würde freudig darauf reagieren von dem Türken angesprochen zu werden ! Aber es schien Kemal zum anderen so als wäre Wollenwein nicht erst beim Wirt mit seiner Story abgeblitzt . Da musste vorher schon etwas gewesen sein , das spürte er . Und das war vielleicht seine Chance ! Dann nämlich , wenn Wollenwein dringend jemanden suchte der ihn ernst nahm und bei dem er sich sein Herz ausschütten konnte ! Aber wie nur konnte Kemal erst mal mit ihm ins Gespräch kommen ? Wenn das erst mal passiert wäre würde alles weitere von alleine laufen , das spürte Kemal ganz deutlich ! Da kam ihm der Zufall zu Hilfe . Hans Georg , wutentbrannt wie er war , übersah einen Bordstein und stieß mit dem Fuß dagegen . Dadurch ins Stolpern geraten schmiss er seine Geldbörse die er nach dem Zahlen seiner Zeche in der Schäferkaue nicht wieder in die Hosentasche gesteckt , sondern stattdessen in der Hand behalten hatte weit von sich . Wild kullerten und flatterten Geldstücke und Geldscheine auf der Straße durcheinander . Sofort sprang Kemal hinzu und half Hans Georg beim Aufsuchen seiner Börse und des Geldes . Erstaunt sah Wollenwein Ünüglü an , dann lächelte er und sagte : " Oh danke Herr Üsküglü ! Dachte gar nicht daß Sie so nett sind ! Ich meinte , da sie ja ein häm , wie soll ich sagen

... ? Na ja , eben , nicht von hier sind .... !"
Stotternd stand Wollenwein vor Kemal .
" Ünüglü , Herr Wollenweib ! Ich heiße Ünüglü ,
nicht Üsküglü !" , entgegnete Kemal schnippisch .
Verdammt , er sollte nicht so ungeduldig sein
wenn er etwas über diese Maschine in Erfahrung
bringen wollte . Aber diese Vorurteile
Wollenweins hatten eine Saite in Ünüglü angerührt
die dieser überhaupt nicht mochte ! " Oh ja .
Entschuldigung Herr Ünüglü ! Ich werds mir
merken . Aber ich heiße Wollenwein , nicht
Wollenweib !" , Hans Georg schien den
schnippischen Tonfall Kemals nicht bemerkt zu
haben , oder wollte ihn nicht bemerken , wer
wusste das schon so genau ? Und wer wollte das
eigentlich schon so genau wissen ? Kemal lächelte
Hans Georg versöhnt an , dieser erwiderte das
Lächeln und sagte dann : " Wollen sie nicht auf
einen Kaffee oder Tee mit zu mir kommen ? Als
Dankeschön sozusagen für die Mithilfe beim
Geldsammeln ! Sie verstehen ? Beim
Geldsammeln ! Hahaha !" Wollenwein lachte
köstlich über seinen Witz . Dankend nahm Kemal
die Einladung an ! Das war doch die Gelegenheit
auf die er gewartet hatte . Gemeinsam setzten sie
den Weg zur Wollenweinschen Wohnung fort .

Am Abend dieses Tages klingelte in Samu Rai , der Hauptstadt Sultaninas bei Kali ben gros in Not dem scheichschen Fuhrparkleiter und Bruder von Ali , alias Kemal , das Telefon ! Nach Ende des Telefonates machte sich Kali sofort auf den Weg zum Geheimdienst seines Landes . Die Nachricht die er zu übermitteln hatte duldete keinen Aufschub , da stimmte er mit seinem Bruder kompromisslos überein ! Im Vorzimmer des Geheimdienstes wurde er trotz der späten Stunde von der Sekretärin Fatima in Empfang genommen , die auch an diesem Tag wie beinahe immer eine Pluderhose und ein Top trug , was bei ihrer langsam verwelkenden Statur nicht sehr vorteilhaft aussah ! Aber seit ihr ihr Chef vor vielen Jahren einmal gesagt hatte daß er die halbdurchsichtigen Pluderhosen mit dazugehörigem Top , wie es die Bauchtänzerinnen trugen , sehr mochte und sich auch an ihr gut vorstellen konnte , trug sie dieses Kostüm beinahe täglich . Dabei ignorierte sie ihren Alterungsprozess hartnäckig und wirkte inzwischen eher lächerlich denn sexy . Allerdings gab es in ganz Sultanina niemanden der sich trauen würde die als streitsüchtig und jähzornig geltende Fatima über diesen Umstand aufzuklären. Auch ihr Chef ertrug lieber täglich den schrecklichen Anblick seiner welken , halbnackten

Sekretärin als sie zu bitten ihre Kleiderordnung umzustellen ! So waren die Menschen eben in Sultanina !

3. ...und nimmt seinen Lauf !

Jussuf bin insge Heim , der Chef des Geheimdienstes von Sultanina empfing Kali beinahe augenblicklich . " Einen Moment noch Kali , ich möchte nur meinen Stellvertreter zu unserem Gespräch hinzuziehen !" Aha , mit dem Stellvertreter Jussufs wäre dann der gesamte Geheimdienst versammelt , denn Sultanina war wie bereits erwähnt ein verarmtes Scheichtum mit wenigen Feinden . Wozu also einen großen Geheimdienstapparat ? Jussuf und Arkim , sein Stellvertreter schafften das auch alleine ! Und sie waren gerade noch finanzierbar , zudem sie wie alle Bediensteten des Landes außer ihren täglichen Mahlzeiten und dreimal im Jahr einkleiden schon seit Jahren kein weiteres Gehalt erhielten . Tja , so wurde das halt gemacht in verarmten Scheichtümern !!! Gespannt lauschten die Zwei nun Kali`s Bericht von der regenmachenden Maschine . Eine Weile überlegten sie dann , was wohl am Besten zu tun sei , dann nahm Jussuf den Hörer des Telefons ab . Am anderen Ende meldete sich augenblicklich Fatima und Jussuf gab ihr die Order einen Flug nach Hannover / Deutschland in der nächstmöglichen Maschine zu buchen . Er wollte sich höchstpersönlich um diese Regenmaschine bemühen . Nicht auszudenken , wenn ihnen in letzter Minute noch jemand anderes in die Quere käme und so verhinderte , daß Sultanina unter die Top Ten der gemüseproduzierenden Nationen aufstiege ! Eine kleine Weile saßen die Drei dann noch im Büro des Geheimdienstchefs zusammen , dann machte sich Jussuf auf den Weg seine Koffer für die Reise zu packen . Als er dabei durchs Vorzimmer kam , fragte er Fatima nach den Tickets . " Ja Chef , sind bestellt und liegen am Schalter bereit !" " Gut Fatima ! Wie haben Sie die Tickets bezahlt ?" , fragte Jussuf zurück . " Mit einer Bankanweisung auf die Staatsbank von Sultanina , Chef !" , bekam er zur Antwort . " Gut , Fatima Sie sind ein Engel ! Zahlen sie auch möglichst viele der aus Deutschland kommenden Rechnungen auf diese Art ! Und geben sie mir bitte unser gesamtes Bargeld aus dem Notfallsafe mit , ja !? " , Jussuf grinste . Wusste er doch , daß die Staatsbank von Sultanina keine Rechnungen begleichen könnte selbst wenn sie es wollte ! Öd und leer wie die Wüste Sahara waren die Konten des Scheichtums Sultanina , und keine Bank der Welt würde ihm auch nur einen roten Heller vorschießen ! Ein Nervenkampf also für die Gläubiger der Staatsbank , der nichts einzubringen versprach !

Aber das war Jussuf gleich . Hauptsache er sparte so viel wie möglich von dem wertvollen Bargeld . Zufrieden setzte er seinen Heimweg fort um die Reisekoffer zu packen .

Tex Walker , der Vertreter des CIA für Sultanina , Omaran und noch drei andere unbedeutende Staaten am Golf war zufällig am Flughafen als der Anruf Fatimas dort einging . Neugierig spitzte er die Ohren als er den Namen Jussuf bin insge Heim vernahm ! Hier passierte schließlich nie etwas Aufregendes ; wenn dann plötzlich der Geheimdienstchef von Sultanina höchstpersönlich und unvorbereitet verreiste , war das bereits eine Sensation ! Wenn dieser Flug dann aber auch noch nach Deutschland ging , eine der großen Industrienationen , dann war das äußerst seltsam ! Das jedenfalls fand Tex Walker ! Hinzu kam , daß Tex ohnehin ein äußerst wichtigtuerisch und selbstdarstellerisch gestrickter Mann war . So mag es also niemanden verwundern , daß er folgendes Telegramm an seine Abteilung in New York versendete . " Geheimdienstchef Sultaninas reist höchstpersönlich nach Deutschland ab   -stop- höchst mysteriös   -stop-   Alarmstufe rot   - stop-

Tex Walker "

Natürlich war dieser Text verschlüsselt und sah für Außenstehende folgendermaßen aus !

" Mama Sultanja kurz vor Entbindung   -stop-
äußerst nervös   -stop-   ich glaube sie sieht rot
-stop-
Papa Walter " !
In New York , in unmittelbarer Nachbarschaft zu
den Vereinten Nationen , brachte der CIA Funker
Walt Grawner das Telegramm zu seinem Chef
Mathew Broderick , der sich den dechiffrierten
Text durchlas und dann sofort eine Antwort an Tex
diktierte . Sie lautete folgendermaßen :
" Sofort Verfolgung aufnehmen   -stop-   alles
daran setzen den Grund zu erfahren   -stop-
erwarte baldigen Erfolg   -stop-   Mathew   "
Für Uneingeweihte las sich das so : " Sofort ihren
Wunsch befolgen   -stop-   alles tun den Balg zu
holen -stop-   erwarte bald den Erfolg   -stop-
Opa   "
Mürrisch wie es seinem Naturell entsprach verließ
Walt das Büro seines Chefs um das Telex zu
versenden . Walt war ein fanatischer Kartenspieler
und Frauenfreund . Leider war ihm das Glück aber
bei seinen Pokerabenden kein sehr treuer Begleiter
so das er meistens verlor ! Auch war er nicht eine
männliche Schönheit a la James Dean , dem die
Frauen zu Füssen lagen ! Er musste schon
ordentlich etwas springen lassen , um die holde
Weiblichkeit für sich zu interessieren ! Das alles
zusammengenommen   übertraf   natürlich   die

Möglichkeiten die einem das Gehalt eines CIA Funkers eröffneten . So hatte Walt auch den Werbeversuchen der Russen nicht lange widerstanden ! Kein Wunder also , daß Walt zwar wie befohlen den Text an Tex Walker in Sultanina absandte , beide Meldungen aber direkt im Anschluss daran an den russischen KGB weiterleitete ! So kam es also , daß bereits die zweite Weltmacht von Jussufs Reise nach Deutschland in Kenntnis gesetzt wurde . Wer hätte je gedacht , daß die an sich unbedeutende Reise eines an sich unbedeutenden Geheimdienstmannes einmal derart schnell die Supermächte der Welt auf den Plan rufen könnte ?

Jussuf saß hinter dem Steuer des VW Passats den er sich auf dem Flughafen in Hannover Langenhagen gemietet hatte und fluchte leise vor sich hin ! Wie gewohnt war es in Deutschland kalt und regnerisch ! Das was er während seines Studiums in Freiburg am meisten hatte hassen gelernt war das unbeständige , oft nasskalte Wetter in Deutschland ! Und nun , nach Jahren wieder mal in Deutschland , was begrüßte ihn für eine Witterung ? Natürlich sein Lieblingswetter ! Jussuf war bis aufs Blut gereizt . Und dann diese blödsinnige Werbung die sie neuerdings in Deutschland im Radio brachten ! Gerade fragte ein

Kind seinen Vater , : " Papa , können Kühe fliegen ?" " Nicht wirklich ! Es sei denn sie treten auf eine Panzermiene !" , beantwortete Jussuf in Gedanken und mies gelaunt die Frage des Kindes ! Dicht hielt er seinen Kopf an das Glas der Windschutzscheibe , ganz so als könne er so die schlechte Sicht wettmachen . So schnell es die Wetter - und Verkehrsverhältnisse zuließen folgte er den Wegweisern nach Celle . Tex Walker hatte es da etwas einfacher . Er wurde von einem Mitarbeiter der Sektion Deutschland am Flughafen abgeholt und dann hinter Jussuf her gekutscht . Es zahlte sich halt aus wenn man für einen Verein arbeitete der über etwas Barvermögen verfügte ! Immer gerade so in Sichtweite zum Mietwagen Jussuf`s folgte der amerikanische Geheimdienst dem Agenten von Sultanina ! Und nicht weit hinter dem Amerikaner fuhr ein PKW mit zwei russischen Insassen . In Sichtweite der Russen fuhr ein Franzose , hinter diesem ein Spanier , darauf folgte ein Engländer , usw. . usw. ! Denn selbstverständlich blieb es nicht geheim , wenn die beiden mächtigsten Geheimdienste der Welt sich an einen Fall hingen , und da es immer von Wichtigkeit sein könnte auf dem Laufenden zu bleiben für die kleineren Nationen , hatten sie sich natürlich sofort an diese beiden angehängt ! Altmühltal lag noch in tiefem Schlummer an diesem frühen Morgen und ahnte nicht im Entferntesten welche Invasion da auf es zurollte ! Für kurze Zeit würde das kleine Dorf bei Celle in der Heide zum Nabel der Geheimdienste dieser Welt werden ! Welcher Altmühltaler hätte sich das wohl je träumen lassen ? Und alles nur , weil ein kleiner Wüstenstaat in den erlauchten Kreis der Gemüseproduzierer aufsteigen will ! Verrückt !

*

Während der Autokorso sich Altmühltal näherte , drehte sich der Prof gerade verschlafen in seinem Bett auf die andere Seite . Nicht der geringste Gedanke an seine Wettermaschine hatte den tiefen Schlaf Maxens gestört . Dieser gesunde und entspannende Schlaf war eine der Glücksgaben die das Leben an Max Müller vergeben hatte . Neben seiner Erfindungsgabe , versteht sich ! Der Wirt und Betreiber des einzigen Hotels Altmühltals schlurfte gerade zur Hintertür seiner Küche um die Morgenbrötchen herein zu holen . Zwar hatte er im Moment nur einen Gast , einen Rentner aus Essen , aber auch der wollte ja schließlich Frühstücken wie man es sich in einem Hotel vorstellte ! Also mit frischen Brötchen und heißem Kaffee und das Ganze bereitstehend ab 6:00 Uhr , so jedenfalls sagte es der Hotelprospekt aus ! Dabei ahnte Fass nicht einmal ansatzweise was da an diesem frühen

Morgen auf ihn zurollte an neuen Gästen ! Gerade passierte der Autokonvoi der neuen Kunden die Ortsausfahrt des Nachbarortes Saustall ! Werner Fass , noch immer ahnungslos richtete inzwischen das Frühstücksbuffet für seinen Gast aus dem Ruhrpott . Gemächlich kam er kurz darauf aus dem Speisesaal geschlendert , in der festen Absicht sich nun erst noch mal auf dem Sofa in dem kleinen Portierszimmer auszustrecken . Kaum hatte er sich seiner Schuhe entledigt und sich in eine bequeme Position gerollt , da klingelte die kleine Glocke über der Eingangstür zum Hotel . Mürrisch zog sich Fass in seinem Sofa hoch , schlüpfte nur locker in die Schuhe . Zuzubinden wäre eh vergebliche Liebesmüh , da dort nur ein Dorfbewohner die Ruhe des Wirtes stören konnte . So jedenfalls vermutete dieser . Aber weit gefehlt ! Als er dann jedoch hinter der Rezeption erschien , erkannte er , daß dort eine ihm fremde männliche Person stand . " Guten Morgen Herr . Ich würde gerne ein Zimmer mieten bei Ihnen !" , wurde Fass in fremder Sprache begrüßt . Das Deutsch des Fremden hatte einen seltsam gefärbten Einschlag , war jedoch verständlich . Schnell waren die Formalitäten erledigt , der südländisch wirkende Gast verschwand in Richtung seines Zimmers . Als er Fass` Blick endgültig entschwunden war drehte sich dieser um , schnell wieder aufs Sofa dachte er sich . Kaum in der Tür zum Portierszimmer schlug allerdings wieder die Glocke des Einganges an und veranlasste Fass so , sich wieder einem Gast zuzukehren . " Good morning Sir ! Do you have a free room ? I want to rent it !" , sagte einer der beiden Fremden die dort standen . Zwar verstand Werner Fass nur wenige der gesprochenen Worte , deren Sinn aber war ihm durchaus bewusst . Schnell hatte er den Zweien ein Doppelzimmer vermietet , um sich dann nochmals auf den Weg zur Couch zu begeben . Wieder stoppte ihn das Läuten des kleinen Glöckchens . Diesmal standen dort zwei Männer , die in gutturalem , osteuropäischem Idiom nach einem Doppelzimmer fragten . Fass war verwirrt ! War ihm denn irgendeine Messe im nahen Hannover entgangen ? Oder ein Kongress in Celle ? Aber das konnte doch eigentlich nicht sein ! Da solche Veranstaltungen nämlich sein Haupteinkommen bildeten , war er sehr hinter diesen Terminen her . Kaum eine Chance , daß ihm da einer entgangen war ! Und doch brach der Besucherstrom an diesem ominösen Morgen nicht ab . " Bon jour , y - a - t - il une chambre libre , sì`l vous plait ? Merci beaucoup !" , oder " Buenas dias , hay una habitacion libre , por favor ? Muchas gracias !" , so und ähnlich schlug es ihm für eine lange Zeit in allen möglichen Sprachen entgegen . Er hatte kaum Zeit seine Schwester anzurufen und sie zu bitten mit ihrer Tochter Sabrina ins Hotel zu kommen um die Betten in den Zimmern zu beziehen und diese zum Bezug herzurichten . Werner Fass verstand die Welt nicht mehr ! Von all diesen Ereignissen ahnte Max Müller daheim in seinem Bettchen natürlich nichts ! Er hätte aber ohnehin nie geglaubt das er alleine , besser seine Erfindung , Anlass für die Fremden in Altmühltal war ! Am Abend dieses Tages erschien er dann um 20:00 Uhr wie jede Woche zur Zusammenkunft des Stammtisches der Gartenfreunde , zu dem er sich mit seinem Freund Wolfgang Peters und einigen anderen Mitgliedern des örtlichen Schrebergartenvereins einmal jede Woche zusammen setzte . Zu der Runde die dort zusammen kam gehörte unter anderem auch Hans Georg Wollenwein , der Nachbar und Intimfeind von Max Müller . Zwar belastete das schlechte Verhältnis dieser uneinigen Nachbarn die Stimmung des gesamten Stammtisches , da aber beide Mitglieder des Schrebergartenvereines waren , und die Teilnahme am Stammtisch jedem Mitglied freistand , konnte niemand verhindern das die Zwei dort zusammen trafen . Also arrangierten sich die Teilnehmer gezwungenermaßen mit den Nicklichkeiten und

Zwistigkeiten der Kontrahenten , was allerdings nicht immer leicht war . An diesem Abend jedoch blieb es seltsamerweise friedlich zwischen Hans Georg und Max . Und auch die Weltauswahl der Geheimdienstler saß unbeteiligt an den Tischen . Schließlich hatte Jussuf sich noch nicht mit Kemal getroffen und hatte also keine Ahnung wer die Zielperson seines Auftrages war , und die anderen Agenten wussten ja eh nicht auf was sie hier achtgeben oder nach was sie suchen sollten . Sie warteten einfach nur ab ! Alle gaben aber am späten Abend vom Sinn her dieselbe Meldung an ihre Führungsstäbe weiter . " Alle wichtigen Geheimdienste der Welt hier versammelt - stop - Muss hier um eine Riesensache gehen   - stop - werde mich vorsehen und schnellstmöglich Ergebnisse schicken - stop - " Eine unheimliche , fast körperlich spürbare Spannung breitete sich in den Hauptquartieren der Geheimdienste aus ! Niemand konnte sagen warum , aber alle fühlten sich auf eine unangenehm greifbare Art und Weise in ihrer Existenz bedroht ! Dabei wusste niemand ob das einfach nur der ohnehin permanent vorhandenen   Verfolgungsangst   der Geheimdienstler zuzuschreiben war , oder ob da nicht doch eine ernste Gefahr über den Köpfen der Nationen schwebte wie ein Damoklesschwert ! Der Tonfall in den Geheimdienstbüros jedenfalls wurde ungeduldiger und rauher . Man war zum Äußersten entschlossen !

Am Morgen darauf saßen Alex und Max beim Frühstück und der Prof berichtete seinem Sohn von den vielen ausländischen Gästen , die so unvermittelt in der Schäferkaue aufgetaucht waren . Alex , ohnehin mit einem detektivischen Spürsinn ausgestattet , wurde durch das unerwartete und nicht im Entferntesten erklärbare Auftauchen der Fremden sofort neugierig . Er würde sich mal mit seiner Freundin Sabrina unterhalten ! Die hatte durch ihren Onkel die besten Möglichkeiten herauszufinden was wohl Anlass des Erscheinens der Fremden war ! Und sie hatte ungehemmten Zutritt zum Hotel , da sie ihrem Onkel dort oft aushalf wenn viel los war . " Du bist wohl nicht mehr ganz sauber Alex ! Ich spioniere doch nicht die Gäste meines Onkels aus ! Dir fehlt wohl ein Groschen an ner Mark , was ?" , warf ihm einige Stunden später Sabrina an den Kopf . " Sabri , ich verlange ja nicht das Du in ihren Schubladen rumkramst , nur eben mal sehen was da so offen in den Zimmern rumliegt ! Und wenn vielleicht mal ein Schrank oder ne Aktentasche offen da liegt .... !" , entgegnete Alex vorsichtig . " Du sollst ja Niemandem zu nahe treten , nur eben die Augen ein wenig offen halten wenn Du die Zimmer richtest , Sabri . Sei kein Frosch ! Bitte !" Deutlich war Sabrina , von Alex liebevoll freundschaftlich Sabri genannt , anzumerken das ihre Gegenwehr zu bröckeln begann . " Okay Alex ! Aber nur unter einer Bedingung ! " , bei diesen Worten verzog sich ihr Mund zu einem selbstgefälligen Grinsen und ihre Augen leuchteten schelmisch auf ! Sabrina war ein hübsches Mädchen , mit strahlend blauen Augen , langen blonden Haaren und einer Top Figur , die schon seit längerem für Alex schwärmte . Selbstverständlich war diesem das nicht verborgen geblieben , und er mochte Sabri ja auch sehr gerne . Nur um eine feste Bindung zu ihr einzugehen fühlte er sich noch nicht alt genug , deshalb vermied er alles was bei ihr unnötige Hoffnungen schüren könnte . " Versprich mir mich zum Abschlussball des Tanzkurses zu begleiten !" Das gehörte zu den Dingen die Alex bisher abgelehnt hatte , eben um bei ihr keine Missverständnisse zu erwecken ! Nun aber galt es das Eine gegen das Andere abzuwägen ! Sollte er die gewünschten Informationen gegen die Zusage zum Ball erkaufen ? Das Sabri Informationen heran schaffen würde stand außer Frage , so gut kannte Alex seine Freundin schon ! " Na gut ! Okay !" , nur widerwillig kamen Alex diese Worte über die Lippen . " Aber nur der Ballbesuch ! Keine weiteren Bedingungen , oki ! ? Give me five !" , mit diesen Worten hielt er Sabri die flache Hand entgegen und diese klatschte mit ihrer ein ! Das galt als feste Übereinkunft unter den Jugendlichen von Sabri`s und Alex` Generation , die Abmachung war also perfekt ! Am Nachmittag , nach der Schule sollte Sabrina ihrer Mutter beim Reinigen der Zimmer helfen , dann wollte sie einmal die Augen besonders offen halten! Alex war zufrieden mit sich ! Unterdessen wurden auch die letzten Ausländer in der Schäferkaue wach . Jussuf unterdessen war einer der frühesten Aufsteher gewesen und saß nun in der Wohnung seines Landsmannes Ali und ließ sich von diesem berichten , was er über diese Wettermaschine die hier offensichtlich erfunden war zu berichten wusste . Und auch Hans Georg Wollenwein war an diesem Tage schon früh unterwegs . Wollte er sich doch mit Karl Bossehoff , Walter Hass und Ewald Schaum im örtlichen Hotelrestaurant treffen um mit ihnen etwas zu besprechen . Diese drei waren allesamt griesgrämige , ältere Herren die bei der Mehrzahl der Altmühltaler Bürger recht unbeliebt waren . Trotzdem , oder gerade deshalb , waren sie Hans Georgs beste Freunde und wie dieser fanatische Kleingärtner die jedem Wettbewerb , egal ob nach dem größten Kürbis oder dem schwersten Kohlrabi oder was auch sonst immer , hinterher jagten ! Mit geheimnisvollen Andeutungen hatte Hans Georg dieses Trio für heute Morgen in die Schäferkaue bestellt . Er selbst kam spät , seine drei Freunde hatten es sich längst an einem der wenigen freien Tische , die meisten waren ja mit ausländischen Gästen besetzt , bequem gemacht . Mit wichtigtuerischem Gehabe setzte sich Wollenwein zu seinen Freunden und winkte dann dem Wirt ! Als sich Fass dann gemächlich dem Tisch der Vier genähert hatte bestellte Hans Georg für sich ein Frühstück mit einem Kännchen Kaffee . " Na da bin ich ja beruhigt !" ; erwiderte ihm Fass , : " Ich hatte schon befürchtet Du hättest von neuen schrecklichen Geräten zu berichten ! Zum Beispiel über Maschinen die unsichtbar machen . Oder die ganze Städte in Luft auflösen ! Oder eine noch stärkere Wettermaschine !" Unter lautem Lachen verließ Fass den Tisch von Wollenwein , um ihm sein Frühstück zu holen . Bei den Ausländern im Lokal jedoch war eine Totenstille eingetreten ! Jeder der Geheimdienstler verstand das nötigste an Deutsch , und in jedem Falle langte es , um den Sinn der Worte des Wirtes zu erfassen . Voller entsetztem Interesse hatte sie seine Worte über Geräte , die Städte in Luft auflösten , Menschen verschwinden ließen oder das Wetter manipulierten , vernommen ! Normalerweise hätte niemand von ihnen solchen

Fantastereien geglaubt , hier jedoch lag die Sache anders . Waren nicht die Geheimdienste fast aller größeren Staaten hier ? Mussten die nicht wissen warum sie hier waren ? Konnten sich so viele Nationen auf einem Male irren ? War nicht vielmehr eine Maschine wie die , von der gerade gesprochen von größtem Interesse für jedes Land ? Wen mag es da verwundern , daß kurz darauf Telegramme mit folgendem Inhalt um die Welt schwirrten !?

" Schreckliche Neuigkeiten ! - stop - Anscheinend supergrausame Maschine entdeckt - stop - höchste Gefahr für unsere Sicherheit - stop - Gerät so grausam das selbst Freunden misstraut werden muss - stop - verleiht einfach zuviel Macht - stop - melde mich wenn ich näheres erfahren habe - stop - !"

Überall in der Welt wurde daraufhin der freundliche Ton zwischen den Nationen noch etwas gedämpfter , jeder Staat befürchtete von seinen Nachbarn , daß sie zu einer Bedrohung werden könnten ! Seltsam der Mensch , ohne Anlass sieht er eine Bedrohung , na ja , was ich selber denk und tu ...... !

Am Nachmittag erschien Sabri , wie mit ihrer Mutter abgesprochen , im Hotel um ihr beim Reinigen der Zimmer behilflich zu sein . Und natürlich hielt sie ihre Augen besonders aufmerksam offen , wie sie es Alex versprochen hatte . Unterdessen versammelte sich bei Hans Georg Wollenwein der gleiche Kreis der bereits morgens in der Schäferkaue zusammen gesessen hatte ! Sie taten sehr geheimnisvoll , schlichen immer wieder mal zur Hecke des Müllerschen Grundstückes , hielten dann wieder Kriegsrat und schienen sich sehr wichtig zu fühlen ! Von all diesen Begebenheiten bekam der Prof , Max Müller , allerdings nichts mit . Er arbeitete ganz normal in dem Betrieb seines Freundes Ole Strangdraht und ahnte nichts Böses ! Wie sollte er auch glauben können , daß eine kleine Erfindung wie seine die Welt dermaßen in Atem halten könnte ?

4. Die Krise spitzt sich zu

Sabri versuchte unterdessen alles um für Alex etwas Brauchbares herauszufinden . Gerade befand sie sich im Zimmer der Franzosen , einem Mann und einer Frau , und blickte sich verstohlen um . Die Schublade zur Kommode stand ein klein wenig auf , was Sabri natürlich als Anlass nahm einen Blick in die Schublade zu werfen . Und siehe da , hier fand sie doch tatsächlich den ersten Hinweis auf nicht alltägliche Vorkommnisse ! Dieses spornte sie an in den anderen Räumen noch intensiver hin zu sehen . So stieß sie dann auf eine zweite ungewöhnliche Sache ! Unterdessen saßen die Geheimdienstler im Restaurant des Hotels , oder sie vertraten sich die Beine rund um das Hotel herum , und beschatteten sich untereinander. Einige von ihnen kannten sich flüchtig vom Sehen untereinander , andere wussten aufgrund einer Beschreibung , die sie in ihrer Abteilung erhalten hatten , wer der Eine oder Andere fremde Geheimdienstler war , ansprechen jedoch tat niemand einen fremden Kollegen . Schließlich war man ja in ständiger Konkurrenz zu den Anderen ! Und dann bei einer Sache von einer solchen Brisanz wie es hier der Fall zu sein schien ! Nein , nein , hier war kein Platz für

Höflichkeit , hier war vielmehr äußerste Wachsamkeit geboten ! Dementsprechend eisig waren auch die Blicke , die gelegentlich zwischen den Agenten ausgetauscht wurden . Nur Jussuf stand dem Ganzen fern ! Er saß bei Kemal Ünüglü in der guten Stube , schlürfte einen starken , übersüßen orientalischen Mokka und überlegte wie er wohl am Besten an die Erfindung dieses Müller kommen konnte . Am einfachsten wäre wohl , ihm dafür einen guten Preis zu bieten , beglichen durch einen Barscheck auf die Staatsbank von Sultanina ! Aber würde dieser Deutsche darauf eingehen ? Mitunter konnten diese Abkömmlinge der Germanen rechte Sturköpfe sein , erinnerte sich Jussuf ! Eine weitere Möglichkeit wäre , die Maschine zu stehlen und dann mit ihr bei Nacht und Nebel über die Grenze zu verschwinden , so schnell , daß es die Angehörigen der anderen Geheimdienste die hier herumgeisterten nicht mitbekommen könnten ! Aber diese Option stellte Jussuf vorerst hintenan . Wenn irgend machbar wollte er dieses Geschäft ehrlich über die Bühne bringen . Ehrlich , mit einem Barscheck der Staatsbank Sultanina !

Daheim in Sultanina wimmelte Fatima gerade einen Anruf der Fluggesellschaft ab , die versucht hatte die Flugkosten Jussuf`s mit der Bank abzurechnen und dabei eine derbe Enttäuschung erlebt hatte !

In der Stube Wollenweins blickten Hans Georg in diesem Moment gerade drei erstaunt aufgerissene Augenpaare an . " Ist das wirklich wahr , Hans Georg ?" , fragte nach langer Schweigepause Walter Hass . " Es ist wahr , so wahr ich hier vor Euch stehe ! Überlegt mal , wir hätten diese Maschine und könnten sie ausschließlich und exklusiv nur für unser Gemüse nutzen ! Jeden Wettbewerb würden wir gewinnen ! Jeden Rekord in der Obst - und Gemüsezucht brechen ! Wäre das nichts ?" , entgegnete ihm Wollenwein . " Das unhaltbare Kleeblatt !" , warf Ewald Schaum ein , woraufhin ihn alle verständnislos ansahen ! " Bitte ?" , fragte Karl Bossehoff entgeistert , und machte dabei ein Gesicht wie ein Lamm beim Donner . " Na ja , wir sind vier , oder !? Und wir lassen uns nicht daran hindern uns dieses Gerät zu holen , oder !? Sind also unaufhaltsam ! Und das Maschinchen soll uns Glück bringen , richtig ? Wie ein Kleeblatt eben ! Deshalb sind wir doch so etwas wie ein unaufhaltbares Kleeblatt ! Richtig ?" , erklärte daraufhin Schaum . " Wow Ewald ! Du bist ein Poet ! Wir *sind* ein unaufhaltbares Kleeblatt ! Oder besser *Das* unaufhaltbare Kleeblatt !" , sagte bewundernd

Walter Hass , die anderen nickten zu seinen Worten zustimmend ! In der Zwischenzeit hatte Sabrina Feierabend gemacht und verließ das Hotel ihres Onkels in Richtung des Bürgerparks von Altmühltal . Im Zentrum dieses Parks lag ein großer Findling , der von den Jugendlichen als Treffpunkt genutzt wurde . Jetzt allerdings wartete dort nur Alex auf den Bericht von Sabrina , die anderen waren an diesem Tag wohl bei jemandem daheim oder waren mit dem Bus nach Celle gefahren ! Jedenfalls war niemand am Findling , was Alex sehr gelegen kam , konnte er doch so ohne Aufsehen zu erregen mit Sabri über ihre Entdeckungen in der Schäferkaue sprechen . Das sie mit Neuigkeiten kommen würde war für Alex dabei keine Frage ! Kannte er doch die Hartnäckigkeit Sabrinas zur Genüge . Und da sah er sie auch endlich den Sandweg zum Findling herauf geschlendert kommen . Ungeduldig lief er ihr mit einigen schnellen Schritten entgegen . " Und Sabri ? Was hast Du herausfinden können ? Wer sind diese Leute ?" " Hey , hey , mal langsam mit den jungen Pferden ! Wart doch die Zeit ab , lass uns erst mal auf die Bank dort setzen dann erfährst Du ja alles !" , antwortete Sabrina mit verschwörerischem Grinsen . Voller Ungeduld begab sich Alex zu der bezeichneten Bank , wobei er Sabrina hinter sich her zog . Endlich saßen sie nebeneinander auf der hölzernen Parkbank , Alex hielt Sabrinas Hand in seinen Händen , wie hypnotisiert starrte er Sabri ins Gesicht ! " Also Alex ! Es stimmt tatsächlich irgendwas nicht mit diesen Leuten ! Da ist zum Beispiel dieses französische Ehepaar ! Ich glaube nicht , daß sie ein Paar sind !" , begann Sabri mit wichtiger Betonung an zu erzählen . " Gut Sabri , aber das ist doch nichts Schlimmes ! Viele unverheiratete Paare tragen sich im Hotel als Ehepaar ein ! Es soll sogar Chefs geben die ihre Sekretärin als Ehefrau ausgeben !" , Alex Stimme klang ironisch und gereizt ! " Gut , junger Mann ! Wenn Du nicht zuhören willst lasse ich es eben !" , Sabrina schien beleidigt zu sein . " Nein , entschuldige bitte Sabri ! Ich hatte es nicht so gemeint , erzähle bitte weiter !" , Alex tat zerknirscht . " Oki , also ! Ein Liebespaar scheinen die Zwei nicht zu sein , obwohl sie ein Päckchen mit ihren Landsleuten in der Schublade aufbewahren und auch schon zwei oder drei der Tütchen aus der Packung fehlen ! Aber sie haben auch beide einen Ausweis des französischen Militärs ! Und verschiedene andere Papiere mit immer anderen Identitäten ! Nehme eher an sie sind Gangster ! Oder , Spione !" , Sabrina sprach mit fester Stimme , nichts deutete auf einen Scherz hin ! " Spione ?" , Alex sah bei diesem Wort nicht sehr geistreich drein ! " Ja ! Und noch etwas ist da .... ! Bei den Russen nämlich habe ich so etwas wie ein Funkgerät oder so entdeckt ! Deutet das nicht eher auf Agenten denn auf Verbrecher hin ? Wozu sollten Gangster ein Funkgerät brauchen ?" Alex musste Sabri Recht geben , es war eher unwahrscheinlich das sich Verbrecher über Funk miteinander unterhielten . Also doch Agenten ? Aber was zum Teufel noch eins sollten Agenten hier im entlegenen Kaff Altmühltal ? Alex konnte sich keinen Reim darauf machen !

Unterdessen betraten vier zu allem entschlossene Gestalten den Garten der Müllers ! Heftigst hatten Hans Georg und Bundgenossen diskutiert ob sie wirklich so weit gehen sollten und bei Max Müller einbrechen , um diese Maschine zu erlangen . Letztlich hatte allerdings Ruhmsucht und Erfolgshunger die Oberhand behalten und sämtliche Einwände waren beiseite geschoben ! Es war schließlich eine absolute Ausnahmesituation , so tröstete man sich selbst ! Leise schlichen sie zur Kellertür von Maxens Haus . Vorsichtig Fuß vor Fuß setzend stiegen sie die Treppe hinab . So arbeiteten sie sich langsam an die Tür heran , als würde es sich dabei um ein jagdbares Wild handeln und sie wären die Jäger . Irgendwie kamen wohl bei allen die alten Cowboy - und Indianerspiele zum Vorschein ! Endlich hatten sie die kleine Plattform vor der Hintertür erklommen . Ganz vorsichtig streckte Hans Georg seine Hand aus , beinahe zärtlich berührte er das Metall der Klinke ! Immer so viel Kraft aufwendend wie gerade nötig war die Klinke herunter zu drücken begann er sie zu betätigen . Und dann ..... ! Plötzlich , ... ! Öffnete sich die Tür ! Als wolle das Schicksal Wollenwein und Co beistehen , Max hatte vergessen seine Kellertür abzuschließen . Oder war es Alex , der sie unverschlossen zurück gelassen hatte ? Aber egal , in jedem Falle huschte ein befriedigtes Grinsen über die Gesichter der Eindringlinge ! Ihre größte Sorge , wie nämlich eine verschlossene Tür zu knacken sei , war ihnen auf magische Art genommen worden ! Durch diese glückliche Fügung ermutigt , drangen sie nun forscher vor , und erreichten auf diese Weise bald den Bastelkeller des Professors . Und dort stand sie dann ! Hans Georg erkannte sie auf Anhieb wieder! Das war die Maschine , die er unter dem Apfelbaum der Müllers hatte Regen machen sehen ! " Juchhei !" , voller Übermut entrang sich ihm dieser laute Jubelruf ! Erschreckt fuhren seine Freunde zusammen ! " Spinnst Du jetzt total ? " , keifte ihn Walter Hass an . " Los ! Schnell weg hier jetzt ! Der hat ja die ganze Ortschaft zusammen geschrien !" , fügte Karl Bossehoff hinzu . Eiligst schnappte sich Ewald Schaum das Wettergerät und schon eilten die Vier im Sauseschritt zur Kellertür hinaus , die Treppe hinauf , durch den Garten hin zu dem Gehweg , zu Wollenweins Gartenpforte wieder hinein , den schmalen Pfad zur Haustüre hinauf um dann in dessen Eingangstüre zu verschwinden ! Wolfgang Peters der gerade von der Schule , in der er an diesem Tage noch länger zu tun gehabt hatte , ein Direktor hat eben nie Feierabend , wie immer seinen Heimweg am Anwesen seines Freundes Max vorbei nahm , schüttelte nur verständnislos den Kopf als er gerade noch sah , daß die vier Erwachsenen dort wie von Hunden gehetzt in Wollenweins Pforte verschwanden . Er hatte sich längst zur Gewohnheit gemacht , sich nicht mehr über alle Seltsamkeiten zu wundern oder gar aufzuregen ! Als Brandmeister und Schuldirektor erlebte man einfach zu viel , da verlernte man schnell das Wundern ! Die vier Unaufhaltbaren standen inzwischen in Hans Georgs Stube und starrten ehrfürchtig auf den grauen Kasten der dort auf dem Esstisch stand . Eifrig diskutierten sie wann , wo und wie sie das Gerät am besten ausprobieren konnten . Nachdem sie heftigst mit Händen und Füssen debattiert hatten , fassten sie den Entschluss , die Maschine erst nach Einbruch der Dunkelheit zu testen , und zwar bei Hans Georg im Garten weil sie dort am einfachsten an Strom für das Gerät kamen . Nachdem diese Entscheidung erst einmal gefallen war trennte man sich in aller Ruhe , um sich spät abends bei Wollenwein wieder zu versammeln . Die meisten gingen sofort heim , damit sie der erwarteten langen Nacht ein wenig vorweggeholten Schlaf entgegen zu setzen hatten . Nur Walter Hass ging nicht nach Hause . Er suchte vielmehr die Schäferkaue auf . Auf all die Aufregungen des Tages und auch auf die zu Erwartenden der folgenden Nacht wollte er ein gut gezapftes Bier gießen . Als Nervennahrung , sozusagen ! " Na Walter , heute großen Durst ?" , fragte fröhlich Werner Fass . " Ach was Werner ! Bin nur aufgeregt wie`n Pennäler vorm ersten Rendezvous !" , entgegnete ihm Hass . " Aha ! " , Fass war erstaunt . " Was hast denn Du aufregendes vor Dir Walter ?" , fragte er . " Hmmm , darf ich nicht sagen Werner ! Nur soviel ! Vielleicht mache ich heute Geschichte , weil ich schön Wetter mache !" , verschwörerisch blickte Hass den Wirt an . Verständnislos starrte der Wirt seinen Gegenüber an ! " Bitte ? Was ?" , stammelte er . Doch plötzlich fing es an ihm zu dämmern . " Sage mal Walter , Du warst wohl zu lange mit deinem Freund Wollenwein alleine ? Was ? Fantasierst Du jetzt etwa auch schon von dieser Wettermaschine ?" , entfuhr es dem Wirt . In dem Lokal , in dem sich wie fast immer seit dem gestrigen Tage alle Ausländer an den Tischen verstreut die Zeit vertrieben wurde es schlagartig still ! Walter Hass erstarrte bis ins Mark ! Das hatte er nicht beabsichtigt ! Niemals hatte er geahnt , daß der feiste Wirt etwas mit seiner Andeutung würde anfangen können , sonst hätte er sie doch nie gemacht . Er wollte sich einfach nur ein wenig mit Geheimnisvollem umgeben und sich auf diese Weise ein wenig wichtig tun . Aber doch nicht ein Geheimnis verraten ! Nun war er über das Ergebnis seiner Worte entsetzt ! " Äh , was ? Warum ? Von was redest Du ? Fass ? Häh ... ?" , stammelte Hass verwirrt . " Ich seh schon , jetzt hat Euch alle der Verstand verlassen !" , gluckste Werner Fass mit Lachtränen in den Augen . Walter Hass blickte den lachenden Wirt konstatiert an . Dann ignorierte er ihn einfach für den Rest seines Besuches im Lokal , legte zum Schluss das Geld für das Bier passend auf die Theke und verließ dann die Kneipe . Da noch immer Zeit war bis zum Einbruch der Dunkelheit begab er sich doch noch für eine Weile zu sich nach Hause . Um 22:00 Uhr war es dann so weit ! Die unaufhaltbaren Vier versammelten sich zu ihrer Nachtaktion bei Hans Georg . Um sich Mut zu machen schenkte Hans Georg allen erst einmal ein Mass seines selbstgebrauten Bieres ein . Dann endlich , vom starken Bier schon etwas angesäuselt begab sich die Truppe um Wollenwein mit dem Gerät hinaus in seinen Garten . Hinten auf der Terrasse wurde das Kabel der Wettermaschine in die Steckdose gestöpselt und dann warteten alle gespannt auf die Wirkung des Apparates . Jedoch , es geschah nichts ! Rein gar nichts ! Erstaunt blickten sich die vier Wagemutigen an . Was zum Teufel noch eins war da los ? Warum tat das Gerät nicht seinen Dienst ? Hans Georg war ratlos , und seine Spießgesellen folgten eh nur seinen Anregungen . Eigene Ideen entwickelten sie so gut wie nie . Nun war guter Rat also teuer . Eingehend untersuchte Hans Georg nun die Maschine . Und siehe da , an der einen Seite entdeckte er zwei Schalter ! Einen Kippschalter , der vermutlich zum An - und Abschalten der Apparatur diente , und einen Drehschalter der wohl den Betriebszustand regulierte ! Triumphierend blickte Wollenwein seine Freunde an , dann legte er mit theatralischen

Gesten den Kippschalter um . Und , ... ! Es tat sich nichts ! Hans Georg wurde nun doch langsam ungehalten . Mit vor unterdrückter Wut zitternden Fingern drehte er an dem Drehschalter hin und her . Insgeheim malte er sich schon aus welch verächtliche Gedanken wohl seine Freunde gerade von ihm hatten . Das trug nicht gerade zu seiner Beruhigung bei , eher scheuchten seine negativen Gedanken den letzten Rest Gelassenheit von ihm fort . Immer hektischer drehte er den Knopf hin und zurück ! Verzweifelt auf eine Regung der Maschine wartend . Und dann passierte , was bei seinem Umgang mit der Apparatur passieren musste ! "Knack !" , machte es , und er hatte den Knopf in der Hand ! In seiner ersten Erzürnung versetzte er dem Gerät einen heftigen Schlag mit der Faust , schleuderte den Knopf in die Stachelbeerbüsche die an der Westseite seiner Terrasse standen , und fluchte und schimpfte dann ungehemmt los ! Nachdem er sich abreagiert hatte stand er still und steif da und blickte ratlos auf die Maschine hinunter , die nun ihm zu Füssen stand . Endlich wandten sich die ratlosen Vier von dem Gerät ab und gingen zurück in Hans Georgs` Stube . Der Frust bewirkte , daß noch so manches Selbstgebraute seinen Weg in den Magen der frustrierten Vier fand . Es fing schon beinahe an zu

Dämmern als die drei Freunde Wollenweins den Heimweg antraten . Da die Straße aus unerfindlichen Gründen stark schwankte und schaukelte an diesem Morgen hakten sie sich alle untereinander unter ! So konnten sie den wippenden Bewegungen der Erde besser und vor allem standhafter begegnen ! Erschöpft legte sich Hans Georg auf sein Sofa und schlief augenblicklich ein . Was Hans Georg nicht ahnte war folgendes ! Die Wettermaschine von Max brauchte immer eine Weile um in der jeweiligen Stufe anzulaufen , erst mussten bestimmte technische Grundvoraussetzungen eingestellt werden , dann fing sie an zu arbeiten . Zu allem Unglück war nun Hans Georg der Schalter auf der Betriebsstufe Sonnenschein abgebrochen . Was dadurch allerdings angekurbelt wurde , konnte er nicht im Entferntesten erahnen . Unterdessen hatten in dieser Nacht viele Schläfer in Altmühltal wirre Träume . So träumte dem italienischen Gast das er in Neapel am Hafen sitzt und seine Angel ins Wasser fallen lies , als es plötzlich zu regnen begann . Und im Sekundentakt wurde der Regen mehr und mehr . Verzweifelt starrte er in den Himmel , in dem nur eine einzige dunkelgraue Wand aus tiefhängenden Regenwolken zu sehen war . Und immer noch wurde der Regenfall stärker und schlimmer ! Schon drang das Wasser in dichten Rinnsalen die Strassen hinunter . Erst dachte er noch es handele sich nur um eine Schlechtwetterfront wie sie mitunter vorkommen . Doch als nach drei Wochen noch immer Regen fiel, nicht nur in und um Neapel , nein in ganz Italien , fing er an misstrauisch zu werden . Nach langem Suchen stieß er schließlich in einem hermetisch abgeriegelten Raum auf seinen Geheimdienstkollegen aus Österreich der mit einer Wettermaschine hantierte , die es in Italien bis zum ersaufen regnen ließ . Verzweifelt versuchte er in den Raum zu gelangen um seinen Feind am kontinuierlichen Zerstören seiner Heimat zu hindern , allein er gelangte nicht zu ihm ! Verzweifelt , das Gesicht tränennass , versuchte er immer wieder die Tür aufzubrechen ! Schließlich aber versank er mit all seinen Landsleuten in den Fluten der Sintflut ! Schweißgebadet wachte er aus seinem Alptraum auf ! Sein französischer Kontrahent träumte inzwischen von einer alles verzehrenden Dürre in seinem Land . Als diese nicht nachließ begab er sich auf die Suche nach dem Auslöser der Trockenheit . Nach langer Sucherei fand er schließlich seinen Intimfeind aus Italien , sitzend auf einem unerreichbar hohem Podest , wie er mit der Wettermaschine bewaffnet die Dürre über Frankreich produzierte . Alle Versuche ihn daran zu hindern scheiterten , und mit entsetztem Blick musste er mit ansehen wie die stolze Nation Frankreich verdurstete . Weinend erwachte er aus seinem quälenden Alp ! Den österreichischem Abgesandten bedrückten unterdessen andere , in ihrer Auswirkung jedoch ganz ähnliche Träume . Und zwar blieben in seinen Gedankenspielereien mit einem Male die Touristen seinem Heimatlande fern . Alle österreichischen Familien verarmten , die Wirtschaft brach zusammen . Ganz Held der Nation , der er gerne wäre , machte er sich sofort auf die Socken nach der Ursache für dieses seltsame Tourismusphänomen zu suchen . Und selbstverständlich fand er diese auch bald in Person des italienischen Geheimdienstes, der mit Hilfe der Maschine in Italien auf kleinstem Raum Regionen mit allen bei Urlaubern gesuchten Wetterzonen produzierten . Da konnte man Ski fahren neben sonnigen Sandstränden . Man konnte im Regenwald auf Abenteuertour gehen , neben einer Eislaufbahn , usw. ! Er setzte alles daran diese Tatsache zu ändern . Jedoch alle verzweifelten Versuche ihnen die Wettermaschine abzunehmen , oder sie wenigstens zu zerstören gingen fehl ! Mit traurigem Herzen musste er mit ansehen wie Italien am Himmel der Lieblingsreiseziele aufglühte wie eine Supernova , während Österreich lediglich als Durchreiseland einige Autobahngebühren abbekam ! Der russische Geheimdienstler , und auch Tex Walker träumten unterdessen jeweils von einer totalen Vernichtung ihrer Heimat durch einen Einsatz der Wettermaschine durch den Anderen ! Eigentlich jeder der Agenten erträumte sich irgendwelche Nachteile durch diese Maschine , und gleichzeitig spekulierten sie darüber wie sie den Apparat zu ihrem Vorteil einsetzen könnten . Daß das oft auch mit einem Nachteil für Andere verbunden war verursachte dabei Niemandem ein schlechtes Gewissen . Auch nicht , daß die Anderen eventuell ruiniert wurden durch den eigenen Vorteil war für die Agenten dabei von Bedeutung ! Am nächsten Morgen wachten alle gerädert und übernächtigt , und mit brennendem Hass auf die Konkurrenten auf und setzten schnellstens eine ähnlich lautende Meldung folgenden Inhalts an ihre Abteilungen ab . " Höchste Gefahr ! -stop - Niemandem vertrauen - stop - auch nicht den engsten Verbündeten - stop - gefährlichstes Gerät entdeckt - stop - könnte für uns allerdings von größtem Vorteil sein - stop - Melde mich wieder wenn näheres bekannt - stop - " Und auch in den

Heimatländern setzte sich der Hass fort . Bis in höchste Kreise , denn natürlich mussten Geheimdienstchefs ihre zuständigen Minister , die Minister die Präsidenten in Kenntnis über ihre Erkenntnisse setzen , griff Misstrauen , Neid und Gier um sich ! Der Tonfall zwischen den Nationen wurde eisig ! Selbst bisher befreundete Staaten schränkten den Umgang miteinander ein . Armeen wurden in erhöhte Einsatzbereitschaft berufen um im Bedarfsfall sofort gegen den Feind vorgehen zu können . Die Welt wurde gefährlicher in diesen Tagen , ein bewaffneter Konflikt stand nahe wie niemals zuvor ! Von all dem ahnte in der Lüneburger Heide natürlich niemand etwas , abgesehen von den Spionen die das angeleiert hatten . An Wollenweins Haus nahm unterdessen eine unerwartete Katastrophe ihren Lauf . Aufgrund der speziellen Arbeitsweise von Max Müllers Wettermaschine konnte sie nämlich nur Sonnenschein produzieren wenn es hell war . Da Hans Georg den Schalter im Betriebszustand Sonnenschein abgebrochen hatte , die Stromzufuhr nicht getrennt hatte und es inzwischen taghell geworden war , begann das Gerät nun programmgemäß zu arbeiten !

5. Brandbekämpfung !

Hans Georg und seine Kleeblattkumpel hatten , wie bereits erwähnt , die Maschine nachts versucht in Betrieb zu setzen , und das bei Betriebszustand Sonnenschein . Das konnte allerdings nicht funktionieren , da die Maschine lediglich das Tageslicht das vorhanden war reinigte , um es als Sonnenschein weiter zu geben . Und zwar bildete das Gerät eine Glocke aus Ozon und anderen Gasen über ihrem Einzugsbereich , die zudem noch über eine bestimmte Dichte verfügte . Auf diese Weise wurde das Licht gefiltert und unterhalb der Glocke setzte es dann als strahlendstes Sonnenlicht seinen Weg fort ! Als nun also der Tag anbrach tat der Apparat seinen Dienst ! Er filterte das trübe Tageslicht zu Sonnenschein , der dann erbarmungslos auf den Boden hernieder brannte . Leider hatte der Wind einiges trockenes Laub an die Maschine geweht , und auch ein wenig ölige Putzwolle war darunter . Als nun das UV - Licht erbarmungslos das Häufchen dörrte bildete sich bald ein erstes kleines Fünkchen in dem Zunder . Schnell fraß sich das Fünkchen in seinem trockenen Nest weiter , wuchs zum Funken an und bald war es ein kleines Flämmchen . Hans Georg , schnarchend auf dem

Sofa liegend , ahnte selbstverständlich nichts von diesen Vorgängen auf seiner Terrasse . Das Flämmchen wuchs ungestört zu einer Flamme heran , erreichte jetzt sogar schon einen der hölzernen Stühle die Hans Georg dort stehen hatte , und fraß sich , unterstützt von dem frischen Lack den sein Besitzer erst vor wenigen Tagen aufgetragen hatte , am Stuhlbein empor . Es schien sich eine Katastrophe für Wollenwein anzubahnen ! Schon breitete sich eine fettig glänzende , schwarze Rauchwolke auf seiner Terrasse aus ! Wolfgang Peters ging gerade zu Hause los um rechtzeitig in der Schule zu sein . Am Ende der Straße angekommen in der er wohnte , musste er rechts abbiegen und dieser Straße dann ein Stück weit folgen . Ungefähr in deren Mitte zweigte ein kleiner Weg ab , der diese Straße mit der , in der Max Müller und Hans Georg Wollenwein wohnten , verband . Dort angekommen musste Peters links abbiegen um seinen Schulweg fortzusetzen und kam so am Grundstück der beiden Kontrahenten vorbei . Er erreichte gerade die Grundstücksgrenze zwischen Müllers und Wollenwein , als ihm eine dunkle Rauchwolke auffiel , die um die Hausecke von Hans Georgs Haus gekrochen kam ! Genau zu gleicher Zeit versprach Fatima im fernen Sultanina dem Anrufer von der Fluggesellschaft sich mit der

Staatsbank in Verbindung zu setzen , damit die Rechnung für Jussufs Ticket endlich beglichen wurde . Es war schon erstaunlich welche Geduld Menschen entwickeln konnten wenn sie auf die Rückzahlung von Schulden hofften ! Max Müller war schon lange vor Anbruch der Dämmerung aus dem Haus gegangen , da der Auftrag der Firma Strangdraht unmittelbar vor dem Abschluss stand und die letzten entscheidenden Arbeiten von ihm persönlich beaufsichtigt werden mussten . Alex quälte sich gerade aus seinem Bett , um sich sein Frühstück zu bereiten . Da hörte er draußen mit einem Male ein wildes Geschrei ! " Wollenwein ! Hans Georg Wollenwein ! Was hast Du denn da nun wieder angerichtet ?" , hörte Alex einen Mann brüllen . Die Stimme klang beinahe so wie die des Schuldirektors und Freund seines Vaters Wolfgang Peters ! Und endlich war auch die krächzende Stimme ihres Nachbarn zu hören , der allerdings nach wenigen Worten in einen Hustenanfall ausbrach . " Peters , wolltest Du mich umbringen, oder was soll dieser Blödsinn?" , würgte er zwischen erstickten Hustern hervor . Neugierig verließ Alex das Haus um zu schauen was sich da wohl beim ungeliebten Nachbarn tat . Durch die dichte Hecke hindurch konnte er allerdings nichts erkennen , und nur um seine Neugier zu stillen sich an den spitzen Dornen der Hecke zu stechen um etwas zu sehen wollte er auch nicht . Also verließ er den Garten und betrat kurz darauf das Grundstück Wollenweins . Immer den aufgeregten Stimmen folgend erreichte er schließlich dessen Terrasse . Und dann erstarrte er voller ungläubigem Erstaunen ! Dort stand nämlich , total schwarz und angekohlt zwar , dennoch aber unverkennbar die Wettermaschine seines Vaters , die der gestern Abend voller Verzweiflung im ganzen Haus gesucht hatte um daran weiter zu arbeiten ! Und nicht nur die Maschine war angebrannt ! Nein , Stuhl , Tisch , Stachelbeerbüsche , ja selbst das Spalier an der Hauswand waren vom Feuer beschädigt . " Wollenwein , anstatt zu kreischen solltest Du Deinem Schöpfer danken , daß ich gerade jetzt hier vorbei gekommen bin . Es war nämlich höchste Zeit ! Mit dem Eimer den Du im Garten hast rumfliegen lassen und dem Wasser aus Deinem Gartenteich habe ich den Brand gerade noch so löschen können ! Nur wenige Minuten später und das wäre nicht mehr so einfach möglich gewesen . Du wärest dann sicher in Deinem eigenen Haus verbrannt ! Wie konnte es hier denn überhaupt zum Feuer kommen , sag mal ?" , hielt Peters dem Nachbarn entgegen . " Ähh , ja , ... !? Ich weiß auch nicht so recht !" , stammelte Wollenwein vor sich hin . " Und wie kommt die Erfindung meines

Vaters in ihren Garten , Herr Wollenwein ?" , setzte Alex direkt nach ! " Tja , hmmm , ich .... !" Hans Georg bekam einen hochroten Kopf . " Sag mal Hans Georg , daß Du Dich mit Max nicht verstehst , das ist die eine Sache ! Das geht ja niemanden weiter etwas an , auch wenn's lästig fällt , Euer ewiges Gezanke . Aber gehst Du jetzt etwa schon so weit ihn zu bestehlen ?" , fragte Peters vorwurfsvoll . " Nein , nein ! Das muss ein Versehen sein .... ! Ich weiß auch nicht ..... !" , Wollenweins Stammeln wurde immer schlimmer , der Kopf noch roter , wenn das überhaupt noch möglich war ! " Na ja , ich nehme erst mal die Maschine mit ! Mal sehen was Paps dazu sagt !" , Alex war sichtlich sauer auf den sauertöpfischen Nachbarn . Auch Peters verabschiedete sich nach einigen letzten mahnenden Worten an Wollenwein von diesem und setzte seinen Schulweg fort . Hans Georg , nach diesem niederschmetternden Erlebnis mit größerem Brummschädel als je vorher , schlurfte zurück auf seine Couch und ließ sich darauf nieder fallen . Erst am späten Vormittag wurde er nochmals gestört . Diesmal war es sein Freund Walter Hass der ihn um seine wohlverdiente Ruhe brachte . Fahrig und übernächtigt drängte er eiligst an Hans Georg vorbei in dessen Haus . " Sag mal was ist denn bei Dir passiert ? Ich habe gehört es hat gebrannt ! Der ganze Ort spricht schon davon ! Auch das angeblich Diebesgut in Deinem Garten entdeckt wurde ! Wir fliegen noch auf , Hans Georg ! Mir wird die Sache langsam zu heiß !" , sprudelten die Worte nur so aus seinem Mund ! " Was ? Diebesgut ? Wie kommen die Leute denn da nur wieder drauf ?" , fragte Wollenwein überrascht . Es ist immer wieder erstaunlich wie schnell in kleinen Ortschaften Gerüchte entstanden und sich verbreiteten ! " Ich weiß auch nicht Hans Georg ! Und noch andere seltsame Dinge gehen hier vor ! Stell Dir nur vor , als ich auf dem Weg hier her bin spricht mich so ein Holländer an ob ich ihm nicht die Maschine verkaufen wolle ! Preis wäre egal ! Hans Georg , die wissen alle das ich beim Diebstahl der Maschine dabei war ! ALLE !" In Wirklichkeit wusste der Niederländer natürlich nichts von einem Diebstahl , lediglich aus der Bemerkung des Wirtes über die Wettermaschine am gestrigen Tag hatte er geschlossen , daß Walter Hass Erfinder der ominösen Wettermaschine war ! So ist das eben mit den Missverständnissen ! " Nun beruhige Dich erst mal Walter !" , versuchte Hans Georg seinen Kumpel zu trösten , : " Wir gehen jetzt mal zu den anderen Kleeblättern und dann werden wir schon eine Lösung finden wie wir uns da raus winden !" Für die vielen Geheimdienstler war es nicht leicht sich unbemerkt von der Gruppe abzusetzen , obwohl es andererseits auch wieder nicht unmöglich war . Zwar herrschte eine Atmosphäre äußersten Misstrauens und Hass , aber rein rechnerisch konnte nicht jeder jeden unter Kontrolle halten . Nutzte man also einen Zeitpunkt zu dem mehrere der Agenten aufstanden und das Lokal verließen , so konnte man sich schon annähernd unbemerkt aus der Masse absetzen ! So war es auch nicht weiter verwunderlich , daß Hans Georg und Walter einige Meter von Wollenweins Haustüre entfernt bereits vom ersten vereinzelten Geheimdienstler angesprochen wurden ! " Allo monsieur ! Quel est le prix de cet appareil ? Je veux l`acheter . Le prix ne joue pas un role ! " , das hörte sich französisch an . Die beiden Schrebergärtner starrten sich verständnislos an . Dann schoben sie sich an dem Franzosen vorbei und eilten weiter ! Eine Straße weiter verstellte ihnen erneut einer der Fremden den Weg . " Hola senor ! Cuanto cuesta esta machina ? Quiero compra esta . El precio no me precoupe !" , das hörte sich eher spanisch an . Auf das verdutzte Gesicht der Deutschen hin versuchte der Spanier nun in gebrochenem Deutsch ihnen ein Angebot für ihre Maschine zu machen . " Siehst Du Hans Georg ! Ich sagte es Dir ! Alle wissen Bescheid !" , sagte Walter Hass weinerlich . Wollenwein ergriff seinen Freund am

Arm , schob den Südländer zur Seite und setzte mit schnellen Schritten seinen Weg fort , Hass mit sich ziehend ! Jedoch , einen Straßenzug bevor sie die Wohnung von Bossehoff erreichten , wurden sie wieder aufgehalten . " Hello mister ! What`s the price of this machine ? I want to buy it . Money is no object !", versuchte es Tex Walker . Grob weil entnervt schubste Wollenwein ihn beiseite , beinahe im Laufschritt setzten dann die zwei Kleeblätter den Rest ihres Weges fort . Bei Bossehoff angekommen bekamen sie kein Wort heraus , so sehr waren die Sportskanonen außer Atem ! Endlich rang sich Hans Georg die Worte , : " Ruf sofort Ewald an , Karl ! Er muss eiligst herkommen !" zwischen zwei rasselnden Atemzügen hervor . Das unaufhaltbare Kleeblatt schien eine gewaltige Schlappe zu verarbeiten zu haben ! Unterdessen wäre es in den Pyrenäen beinahe zum Kriegsausbruch zwischen den eigentlich doch verbündeten , aufgrund der Ereignisse aber bis aufs Blut gereizten Nachbarstaaten Spanien und Frankreich gekommen ! Beide Armeen waren ja in höchste Alarmbereitschaft versetzt und hatten deshalb entlang der Grenze zum Nachbarn Stellungen bezogen . Die Nerven lagen blank , gerade unerfahrene junge Soldaten hielten dem Druck der Gefahr kaum stand . So kam es dann wie es zwangsläufig kommen musste ! Einer der Beobachter meinte beim Konkurrenten eine Provokation oder gar Aggression erkannt zu haben und gab einen Warnschuss ab ! Der Gegner jedoch erkannte diesen nicht als einen solchen und schoss daraufhin scharf zurück ! Sofort kam es zu einem kurzen aber heftigen Feuergefecht , bei dem zum Glück außer einer zersplitterten Straßenlaterne keine weiteren Opfer zu beklagen waren . Überall in der Welt aber wirkte diese bewaffnete Auseinandersetzung zwischen vermeintlichen Freunden wie ein Fanal ! Hass , Misstrauen , Gewaltbereitschaft und lange unterdrücktes Konkurrenzdenken erreichte nie geahnte Höhen ! Minister und Präsidenten beschimpften sich untereinander wie Straßenjungen ! Die Welt war ein brodelnder Vulkan geworden , oder vielleicht auch ein Tollhaus . In jedem Falle war alle Gemütlichkeit aus ihr entwichen ! Von all diesen Auswirkungen jedoch ahnte das Kleeblatt zum Glück nichts . Ob sie dieser Verantwortung sich hätten stellen können ist nämlich fraglich !

Ewald Schaum ließ nicht lange auf sich warten . Kaum war er in der Tür , da sprang Walter Hass auch schon auf und begrüßte ihn mit den Worten , " Ewald , sie wissen alles ! Sie sind uns auf der Spur !" " Was ist denn mit dem los ? Der ist ja ganz historisch !" Ewalds Fremdwortgewandtheit ging Hans Georg Wollenwein schon unter normalen Umständen auf den Zwirn , so gereizt wie er heute war , war der Lapsus seines Freundes Grund für einen ausgewachsenen Zornesausbruch Wollenweins ! " Verdammt noch eins , es heißt hysterisch ! Hysterisch , verstehst Du das mein Freund ! Verdammt noch mal Ewald ! Gewöhn Dir doch mal diesen Quatsch mit den Fremdworten ab wenn Du es eh nie auf die Reihe bringst !" Schaum blickte seinen Freund verletzt an . " Ja ja , Du hast Appratur und dann stukadiert auf Akamie und Unität ! Und das ganze vier Sylvester !" , setzte Hans Georg höhnisch seine Rede fort . Schaums Blick wurde immer hasserfüllter . Schon wollte Wollenwein zu neuen Attacken ansetzen , da bremste ihn Bossehoff in seinem Eifer . " Hans Georg lass gut sein , so kommen wir ja nicht weiter ! Wir müssen nun in Ruhe und mit kühlem Kopf beraten um aus dieser Schlinge zu schlüpfen. Streiten schadet da nur uns selbst !" " Ja , ja Karl , Du hast ja Recht !" , grummelte Wollenwein noch ein wenig , er war aber ansonsten wieder so weit bei Verstand das die Vier ihre Beratung starten konnten . Gerade wollten sie sich am Stubentisch zusammensetzen , da klingelte erneut es erneut an Karls Haustür . Herein kam Klaus Werber , ein weiteres Mitglied des Altmühltalers Schrebergartenvereines . " Hey Wollenwein , ihr habt wohl jetzt den Coup Eures Lebens gelandet , was ! Hätte nie gedacht , daß Du so weit gehst einen Vereinskollegen zu bestehlen !" ; Werber griente hämisch . " Was denn ? Redest Du jetzt etwa auch von der Wettermaschine ?" , Ewald war total platt vor Überraschung ! " Wettermaschine ?" , man sah Klaus Werber deutlich sein Erstaunen an . " Ihr wollt mir doch nicht ernsthaft erzählen es gäbe eine Maschine die das Wetter beeinflussen könnte !?" " Ach Quatsch Klaus ! Ewald wollte Dich nur auf den Arm nehmen ! Eine Wettermaschine ! Ts , hat man sowas schon gehört ? Dieser Ewald Schaum , ein toller Komiker ! Oder ?" , Hans Georg versuchte krampfhaft einen belustigten Eindruck zu erwecken , ganz gelang ihm das allerdings nicht ! Karl komplimentierte den Besucher mühsam zur Tür hinaus , dann giftete er Ewald wegen seines Fehlers an , : " Sag mal , Du kannst wohl heute kein Fettnäpfchen auslassen , oder !?" " Schon gut , schon gut ! Wie sagtest Du doch gerade noch selbst , Karl ? Wir müssen nun Ruhe bewahren !" , versuchte Wollenwein Ordnung in das aufgeregte Kleeblatt zu bringen . Lange saßen sie an diesem Tag noch beisammen um sich eine möglichst plausible Ausrede für das Auffinden des Apparates bei Wollenwein zu finden . Und der Grund dieser ganzen Aufregung wurde unterdessen von seinem

Erfinder auf die davongetragenen Schäden hin untersucht . " Ich verstehe diesen Griesgram Wollenwein ehrlich nicht ! Das er mich nicht mag, okay ! Das er stets seinen eigenen Vorteil im Sinn hat , okay ! Das er es genießen würde mir zu schaden , auch okay ! Aber das er dafür bei mir einbricht hätte ich ihm nie zugetraut !" , Max Müller schüttelte voller Unglauben den Kopf während er mit seinem Sohn Alex sprach . " Aber bis auf ein paar verschmorte Kabel ist zum Glück nichts entzwei gegangen . Da wollen wir den Hai für dieses Mal nochmals vom Haken lassen !" ; der Prof lächelte verschmitzt bei seinen Worten .

Das gerupfte Kleeblatt war unterdessen auf dem Weg zu Hans Georgs Zuhause ! Jedem fremd aussehenden Menschen wichen sie dabei verschreckt aus . Bisher waren sie zu keinem plausiblen Ergebnis gelangt , deshalb wollten sie ihre Beratung bei einem guten Selbstgebrauten bei Wollenwein fortsetzen . Eigentlich waren die Zerrupften keine übermäßigen Zecher , der Stress und Ärger jedoch steigerte das Verlangen nach entspannenden Getränken enorm . Dabei ließen sie ausnahmsweise außer Acht , daß es arg ungesund und gefährlich war dem Alkohol zu sehr zuzusprechen . Lange saßen die aufgescheuchten Kleeblätter bei Hans Georg zusammen und kamen hinterher erneut nur mit Mühe heil nach Hause !

Am Besten hatte es wieder der Hauswirt und Braumeister Wollenwein ! Wie am Vorabend ließ er sich auch heute nur nach hinten fallen um dann auf seiner Couch die Augen zu schließen . Unruhig und wenig entspannend war sein kurzer Schlaf , dann wurde er von einer alles übermannenden Übelkeit vom Sofa hoch getrieben . Nachdem er sich dann im Klobecken angesehen hatte was er am Vorabend genossen hat schleppt er sich auf seine Polstergarnitur zurück . An Schlafen war jedoch nicht mehr zu denken . Mit infernalisch blutrünstigem Gebrüll umkreiste ihn eine Mücke , und alle unkoordinierten Versuche ihrer habhaft zu werden scheiterten ! Also begab sich Hans Georg zurück ins Bad , und stellte sich unter die eiskalte Dusche . Hinterher nahm er einen Cocktail aus mehreren Aspirin und Alka Selzer zu sich ! Noch völlig benommen sank er dann in seinem Sessel zusammen und schlummerte vor sich hin . Inzwischen schlich zu dieser frühen Stunde auch in der Schäferkaue ein Gast durchs verschlafene Gemäuer . Es war die Mitarbeiterin des französischen Geheimdienstes . Sie war über den Zwischenfall an der spanischen Grenze derart erbost das sie sich versprochen hatte es ihrem spanischen Kontrahenten heim zu zahlen ! Nun konnte sie ja schlecht in Deutschland einen Privatkrieg gegen Spanien vom Zaun brechen , aber wenigstens wollte sie den Spaniern ihren Aufenthalt hier zur Hölle machen ! Beginnen wollte sie ihren Feldzug durch einen `speziellen` Zuckerstreuer . Sie hatte gesehen das ihre iberischen Kollegen ihren Kaffee mit viel Zucker süßten , deshalb hatte sie im Speisesaal heimlich einen der Streuer entwendet , den Zucker im Klo verschwinden lassen und durch Salz ersetzt . Nun wollte sie ihn gegen den Zuckerstreuer auf dem Tisch der Konkurrenz umtauschen , und , damit es niemand merkte , schlich sie lange vor der Aufstehzeit durchs Haus ! Schwups hatte sie ihren Plan in die Tat umgesetzt ,

und schon war sie wieder hin zu ihrem Zimmer verschwunden . Später dann betrat sie gemeinsam mit ihrem Kollegen zur Frühstückszeit erneut den Speisesaal . Mit keiner Miene ließ sie sich anmerken das sie etwas zu verbergen hatte . Mit einem flüchtigen Blick aus den Augenwinkeln stellte sie fest das ihre iberischen Kontrahenten gerade am Frühstücksbuffet standen und sich ihr Frühstück zusammenstellten . Gespannt wartete Simone , so hieß die Französin , auf die Reaktion der Spanier beim Trinken des ersten Schluckes Kaffee ! Ganz unauffällig stellte sie sich in die Schlange am Buffet , tat sich Brötchen und Marmelade auf ihren Teller als sie an der Reihe war , setzte sich mit ihrem Kollegen an ihren

Tisch und begann zu frühstücken . Heimlich beobachtete sie ihre Spanier ! Und da war es endlich so weit ! Mit verzücktem Grinsen der Vorfreude auf den Kaffee setzten die Iberer ihre Tassen an den Mund , taten einen tiefen Zug aus derselben , und .... spuckten und prusteten los wie ein Wal nach dem Tiefseetauchen . Simone konnte sich nur mit Not das Lachen verbeißen . Zufrieden griff sie nun ihrerseits zu ihrer Kaffeetasse , und .... fasste in eine schlimm klebrige Masse ! Was zum Kuckuck war das ? Simones Miene verdüsterte sich schlagartig , die erbosten der Spanier hellten sich ein klein wenig auf . Der Schlagabtausch hatte begonnen !

*

Unterdessen saß Klaus Werber mit seinem Bruder Arthur zusammen . Anhand seiner aufgeregten Gestik war unschwer zu erkennen das er diesem von einem Thema berichtete das ihn emotional stark beanspruchte ! " Stell Dir nur vor Arthur , wir könnten diese ganzen spießigen Schleimer blamieren ! Sie würden dastehen wie die blutigsten Anfänger , wenn wir ihnen das Wetter im Sommer verhageln !" Verhageln war dabei wörtlich zu nehmen , Klaus versuchte nämlich gerade seinen Bruder davon zu überzeugen welch einen Spaß sie mit der geklauten Wettermaschine haben könnten indem sie den erfolgreicheren , weil fleißigeren

Schrebergärtnern einen Sommer voller Regen , Hagel und Schnee bescherten ! Arthur Werber war im selben Schrebergartenverein wie sein Bruder und die Anderen , seiner und der Garten seines Bruders lagen mit den Rückseiten zueinander . Beide waren nicht die ehrgeizigsten , schon gar nicht die fleißigsten Kleingärtner , und so wurden sie Jahr für Jahr von den anderen des Vereines mit ihren Rekordgemüsen aufgezogen . Schon lange hatte sich deshalb in Klaus ein Hass aufgestaut der nun in Form der Wettermaschine sein Ventil gefunden zu haben glaubte . Sein Bruder Arthur jedoch war ein eher friedliebender Charakter , so kostete es Klaus auch erhebliche Mühe ihn von der Notwendigkeit ihres Tuns zu überzeugen , letztlich gelang es ihm aber doch . Wie immer ! Von Kindes Beinen an war Klaus der Dominierende der Zweie gewesen .

6. Die Hausherren betreten die Bühne des Geschehens !

Bis ins Detail erklärte Klaus seinem Bruder wie er herausgefunden hatte , daß es diese Maschine überhaupt gibt und wie er sich ihre Beschaffung vorstellte ! Unterdessen klingelte bei Max Müller die Türglocke . Draußen stand ein orientalisch aussehender Mann der darum bat mit Max einmal in Ruhe sprechen zu dürfen .   Jussuf gab sich alle Mühe nicht aufdringlich sondern sympathisch und kompetent zu wirken , er wollte nicht schon an der Tür abgewiesen werden und so seine Mission beendet sehen ! Der Mann war dem Prof auf Anhieb sympathisch , freundlich bat er ihn also einzutreten . Im Wohnzimmer angekommen bot Max dem Fremden einen Sitzplatz an , setzte sich selbst mit hin nachdem er sich und dem Besuch ein Glas Mineralwasser eingeschenkt hatte und fragte dann : " Also Herr .... ? Hmm , wie war doch gleich ihr Name ? Ich habe ihn leider nicht verstanden !" " Ich heiße Jussuf bin insge Heim ! Bin Mitglied der Regierung von Sultanina !" Der Prof lauschte interessiert und nickte dabei leicht mit dem Kopf . " Nun Herr Müller ! Unser Staat ist leider sehr arm . Wir sind einer der Entwicklungsstaaten in Nordafrika , und daher bin ich hier ! Ein Konsortium von Sponsoren hat eine Menge Geld zur Verfügung gestellt um unser Land auf den Weg zur Unabhängigkeit zu bringen . Es handelt sich dabei ausnahmslos um ehemalige Bürger von Sultanina die es im Ausland zu etwas Vermögen gebracht haben und die das nun ihrer Heimat zur Verfügung stellen wollen . Und dann kamen sie ins Spiel , besser die Erfindung ihrer Wettermaschine ! Wir würden sie gerne kaufen ! Wäre ihnen ein Kaufpreis von 1 Million US Dollars angebracht ?" Der Orientale sprach ein sehr gutes Deutsch und Max fragte sich wo er das wohl gelernt hatte . Als allerdings die Bemerkung über die Erfindung der Wettermaschine fiel , erstarrte der Prof voller Erstaunen ! Woher wusste dieser Araber von dem Gerät , wo Max dessen Bau doch so geheim gehalten hatte ? " Ja , aber .... !?" , Max stotterte vor Verblüffung ! " Woher haben sie denn ihr Wissen über eine angebliche Wettermaschine ? Und wie kommen sie dabei auf mich ? Woher sollte ich wohl in den Besitz einer solchen Maschine gelangt sein ? Ich verstehe nicht .... !" " Oh , Herr Müller ! Seien Sie nicht zu bescheiden ! Ich WEISS von dieser Maschine ! Zählt nicht diese Tatsache alleine ? Das Woher und Warum sollte uns jetzt hier nicht interessieren !" , der Fremde , der sich Jussuf genannt hatte grinste hintergründig ! Max wurde es allmählich unheimlich zumute ! Was spielte sich hier eigentlich ab ? Wer versuchte hier warum ihm seine Erfindung abzuquatschen ? " Hören sie bitte Herr Müller . Wir sind ein kleines Sultanat ! Wir möchten nur ein wenig Landwirtschaft betreiben können mit Hilfe ihrer Maschine ! Unsere Kinder müssen hungern , das wollen wir ändern !" , jetzt versuchte es Jussuf auf diese Weise . " Tja Herr Ins ... ähhh ... !?" , setzte Max zur Antwort an . " Jussuf ! Nennen sie mich einfach Jussuf !" , unterbrach der Araber . " Gut ! Also Jussuf ! Egal woher sie nun Wind bekommen haben von meinem Gerät , aber sie sind trotzdem einem Irrtum aufgesessen . Es ist keineswegs für Großflächen geeignet , nicht einmal für kleine Bereiche ist es hundertprozentig ausgereift und einsatzfähig ! Zudem ist es durch geheimnisvolle Vorgänge zur Zeit stark reparaturbedürftig ! Tut mir leid das ich Ihnen nicht weiterhelfen kann . !" , mit diesen Worten komplimentierte Max den Gast zur Haustüre hinaus . Als sich die Tür hinter Jussuf geschlossen hatte lehnte sich Max von innen an das Holz der Haustür . Welch ominös bedrohlichen Vorgänge gingen hier in Altmühltal vor sich ? Woher hatte ein Angehöriger eines weit entfernten Sultanats erfahren , daß er hier in der Lüneburger Heide eine wichtige Erfindung gemacht hatte ?

Sollte doch eigentlich selbst hier bei Celle niemand von der Wettermaschine wissen ! Max war mehr als verwirrt ! Noch immer ganz konfus vor Überraschung begab er sich in seinen Hobbykeller um die letzten Reparaturarbeiten an dem beschädigten Gerät auszuführen . Geheuer war ihm seit Jussufs Besuch nicht mehr in der Haut des Erfinders einer Wettermaschine ! Zu viel für um Klassen geringfügiger wichtige Dinge hatte sich die Menschheit bereits angetan als das ein Mensch mit Gewissen , wie es Max Müller einer war , hätte gleichgültig über die rätselhaften Vorfälle hinwegsehen können ! Er brauchte einen Rat . Alleine wollte er nicht entscheiden was mit seiner Erfindung zu tun sei . Der beste Ratgeber in allen Situationen des Lebens war sein bester Freund Wolfgang Peters . Und den rief der Prof nun an . Wolfgang machte sich sofort auf den Weg zu seinem Freund . Die Verzweiflung die in dessen Stimme mitschwang ließ erahnen , daß es sich um wichtige Probleme handeln musste und Max nicht spaßte . Und für einen Freund in Not , wenn auch nur in Gewissensnot , war Peters immer da !

Etwa zur gleichen Zeit verfolgten die anderen Geheimdienstler noch immer das inzwischen total kopflose Kleeblatt um ihnen eine geheimnisvolle Maschine abzukaufen von der sie nicht einmal mit Sicherheit wussten was sie überhaupt bewirken kann . Hektisch versuchten die Vier den lauernden Agenten zu entgehen . Jedoch alles umsonst ! Wo immer sie auftauchten , ein Mensch der ihnen eine Maschine abkaufen wollte war schon dort ! Schließlich gaben sie die Flucht auf und entschlossen sich dazu in der Schäferkaue einzukehren und dort ein Pils zu kippen . Nach zwei Abenden mit Wollenweins selbstgebrautem hatten sie nun Appetit auf ein kühles Pils von der Brauerei . Doch kaum hatten sie ihr Bier an den Tisch gebracht bekommen , stand schon wieder jemand am Tisch neben ihnen und fragte nach der Maschine . Hans Georg hielt es nicht länger aus ! Seine Nerven gingen barfuß ! " Lasst uns doch endlich mit dieser vermaledeiten Wettermaschine in Ruhe !" , brüllte er Simone entgegen ! Die inzwischen wieder im Lokal versammelten Spione , alle die , die nicht ohnehin hier gewesen waren , waren dem entnervten Kleeblatt gefolgt und kurz nach ihnen auch hier erschienen , erstarrten voller Erstaunen ! Tatsächlich also ! Was die meisten geahnt hatten stellte sich in diesem Augenblick als wahr heraus ! Es gab diese Wettermaschine ! Nach einer Sekunde der erschreckten Stille eilten alle Agenten in Richtung ihrer Zimmer hinfort ! Schwups , fand sich das sprachlose Kleeblatt alleine im Lokal des Hotels wieder ! " Endlich Ruhe !" , seufzte Walter Hass auf . In der plötzlichen Stille hallte der eigentlich leise ausgestoßene Seufzer wieder als wäre er laut ausgeschrien worden . Die anderen drei Kleeblätter zuckten aufgrund der Stimme Walters erschrocken zusammen , beruhigten sie aber sogleich wieder und aufgrund der beruhigenden Stille des Lokals entspannten sie sich augenblicklich . Unterdessen waren die Ausländer in ihren Zimmern verschwunden und begannen Meldungen an ihre Abteilungen zu formulieren . Ohnehin war der heutige Tag ein neuer Höhepunkt im Bereich Hektik und Gezänk in der Welt gewesen ! In der UN Vollversammlung hatten sich die Botschafter von Südafrika und Österreich einen Boxkampf a la Frazier / Ali geliefert ! An der Grenze der USA und Kanada hatten sich ein kanadischer Jäger und ein US Ranger nicht über den genauen Grenzverlauf einigen können und hatten sich erst beschossen , dann geschlagen , und erst getrennt , als sie beim Ringkampf ins kalte Wasser eines Gebirgsbaches gerollt waren ! Der Innenminister Polens war von einem Boxkampf mit dem Botschafter Portugals nur durch drei Mitarbeiter seines Ministeriums abzuhalten , die ihn krampfhaft festhielten während der portugiesische Botschafter ihn mit übelsten Schimpfwörtern überhäufte . Kurzum , die Welt duckte sich unter der Bedrohung einer unbekannten Höllenmaschine und erzeugte dabei Aggressionen die sich an den unterschiedlichsten Stellen entluden . Und in diese Stimmung hinein platzte die neuste Meldung aus Deutschland ! Beinahe zeitgleich hatten die Geheimdienste der Welt die Meldung auf dem Tisch , daß die Höllenmaschine eine Maschine war die das Wetter beeinflussen konnte ! Erstauntes Innehalten war die erste Reaktion überall in den Geheimdienstbüros ! Dann ungläubiges Kopfschütteln , gefolgt von Wutausbrüchen ! " Walker !" , Broderick hatte einen Blick aus dem der Tod sprach ! " Tex Walker !! Wie konnte ich auf diesen scheinheiligen , Möchtegern , Kotzvogel hereinfallen !? Walt , schicken Sie ihm sofort ein Telegramm er wäre zum Nordpol versetzt ! Mit dem Auftrag dort Gänseblümchen zu züchten ! Verstanden ? Gänseblümchen ! Wenn ich den Bach runter gehe , er geht noch vor mir ! Soll er doch zum Eiszapfen werden dort oben ! Wettermaschine , hat der Mensch je einen solchen Blödsinn gehört ? Wie mache ich das dem Innenminister klar ? Walker ! Wie konnte ich mich nur auf den größten Trottel des Geheimdienstes einlassen , ich Idiot !?" Die Abteilungsleiterin im französischen Geheimdienst , Adrienne Forgue , drohte in ihrer Wut ihren zwei Leuten in Deutschland gar den Tod an ! Der lettische Spion verschwand einige Zeit später tatsächlich spurlos ! Kurzum , in allen Geheimdiensten wurden weitreichende Personaländerungen durchgeführt . Allerdings nicht nur in den unteren Ebenen , auch Abteilungsleiter , Geheimdienstchefs , Minister und Abgeordnete mussten den Hut nehmen ! Niemand mochte an die Existenz von etwas derart absurdem wie einer Wettermaschine glauben ! Allgemein machte sich ein Gefühl der Scham auf dem Weltball breit ! Verkrampft versuchten Botschafter das Verhältnis zwischen sich und anderen Staaten wieder zu normalisieren . Dies alles geschah jedoch später , wir sind erst noch in der Schäferkaue in Altmühltal und damit bei den Ereignissen dieses Abends . Das etwas erleichterte Kleeblatt genoss also die überraschend eingekehrte Ruhe in der Kneipe , Max saß mit seinem Freund Wolfgang zusammen um zu beratschlagen was mit seiner Erfindung werden sollte , und Jussuf saß bei Kemal im Wohnzimmer . Alles schien sich zu entwirren , vor allem wenn man berücksichtigte , daß in Kürze die Geheimdienste abziehen würden , was allerdings in Altmühltal noch niemand wusste. Zur gleichen Zeit betätigte in Pullach bei München ein hoher Mitarbeiter des BND den Schalter seiner Gegensprechanlage und fing an zu sprechen , : " Frau Messner , schicken sie mir doch bitte schnellstens den Michael Spürner ins Büro , ja ! Sagen sie ihm er soll sich beeilen , es ist wichtig !" Der Mann der diese Anweisung erteilte , war Hermann Schneidersohn , stellvertretender Leiter des Bundes Nachrichten Dienstes und Chef der Abteilung Inneres ! Michael Spürner war der beste Mann seiner Abteilung was den reinen Ermittlungsdienst betraf . Und Hermann hatte etwas zu ermitteln , also Spürner ! Ginge es etwa darum Intrigen zu schmieden um irgendwo Unfrieden zu stiften , oder auch darum mit Sprengstoffen zu hantieren hatte er andere Spezialisten . Zum Ermitteln gab es aber keinen geeigneteren als Spürner . Ute Messner erreichte Spürner zum Glück noch im Amt , er wollte sich gerade in den wohlverdienten Feierabend absetzen und wurde von ihr nun daran gehindert . Etwas enttäuscht , allerdings nicht übermäßig sauer , machte er sich auf den Weg zu seinem Chef . Das es sich um Wichtiges handeln musste wenn der ihn nach der offiziellen Feierabendzeit zu sich zitierte war Michael Spürner zweifelsfrei klar . Stumm nickte er Ute zu , klopfte dann fest an die massive Bürotür Schneidersohn`s und betrat nach dessen lautstarker Aufforderung das Allerheiligste seines Bosses ! " Ah Spürner ! Bitte , nehmen sie doch Platz !" , bei diesen Worten deutete Schneidersohn auf einen Sessel der seinem eigenen gegenüber stand . " Sie haben ja sicher mitbekommen das es in der Welt ziemlich unruhig zugeht seit kurzem !" , setzte Hermann Schneidersohn ohne Unterbrechung fort . " Nun erreichen uns einige Hinweise das seit mehreren Tagen irgendwo hier in unserem schönen Deutschland Geheimdienste aktiv geworden sind ! Verstehen Sie was ich meine ?" Michael nickte versonnen zu den Worten seines Chefs , gespannt auf was der wohl hinaus wollte . " Wenn das nun den Tatsachen entspricht , besteht natürlich auch die Möglichkeit, daß die Unruhe in der Welt ihre Geburtsstätte hier in unserer Heimat hätte ! Ich persönlich glaube das zwar nicht , aber immerhin besteht eine vage Möglichkeit das dem doch so ist !" Spürner verzog noch immer keine Miene . " Ich möchte , daß sie sich mal umhören , Spürner ! Sind wirklich irgendwo hier bei uns Geheimdienstler aus anderen Staaten im Einsatz ? Hat deren eventueller Einsatz etwas mit den Geschehnissen in der Welt zu tun ? Lassen Sie mal alte Verbindungen spielen! Machen Sie Augen und Ohren auf ! Ich gebe ihnen eine Woche Zeit , dann erwarte ich einen ersten Bericht ! Haben wir uns verstanden Spürner ? Spielen Sie mal Mäuschen für mich , ja!?" Michael Spürner nickte verstehend , erhob sich aus seinem Sessel und verabschiedete sich von seinem Boss . Gerade hatte er die Klinke der

Tür ergriffen , da rief die Stimme seines Chefs nochmals seine Aufmerksamkeit hervor . " Äh , Spürner ! Ich weiß um ihre Einstellung zu diesen Formalien , aber bitte achten Sie beim Verfassen ihres Berichtes ein wenig mehr auf die Form des Textes , ja !? Wir sind eine Behörde und als solche an gewisse Vorschriften gebunden ! Und was diese über das Abfassen von Einsatzberichten sagen , wissen Sie doch ganz genau !" Michael Spürner musste sich eine scharfe Entgegnung verbeißen ! Er hatte eine starke Abneigung gegen diesen verdammten Schrift - und Aktenverkehr den sein Beruf mit sich brachte . " Ja ja , Deutschland ! Eine tote Fliege ergibt zehn Berichte mit je 20 Durchschlägen !" , dachte er ergrimmt im Stillen . Seinem Abteilungsleiter jedoch nickte er mit einem gezwungenem Lächeln zu und verließ dann endgültig das Büro . Vom Büro Schneidersohns aus ging Michael direkt zum PC - Raum . Dort loggte er sich ins Internet ein und verschickte per E - Mail an sämtliche deutsche Flughäfen die Anfrage , ob sie in letzter Zeit eine auffallend große Zahl von Ausländern eingecheckt hatten ! Mit sich zufrieden machte er endlich Feierabend . Für heute hatte er sein Möglichstes getan ! Morgen würde er dann weitersehen !

Unterdessen war Max nach eingehender Beratung mit seinem Freund Wolfgang zu dem Schluss gelangt , daß er seine Wettermaschine nicht endgültig zerstören , sie aber so lange sich die Wogen um sie nicht gelegt hatten verschwinden lassen wollte . Dazu hatten die Beiden einen wenig bekannten und ungenutzten Kellerraum der örtlichen Schule auserkoren , der den weiteren Vorteil hatte , daß er mit einer schweren Eisentür versehen war und so gegen den Zutritt Unbefugter gut zu verschließen war . Für heute war es zwar zu spät den Apparat dorthin zu bringen , das war gleich für morgen früh geplant , aber warum sollte ausgerechnet in dieser Nacht der Erfindung etwas geschehen ? Schließlich war das verlegene Kleeblatt vorerst mundtot gemacht , die hätten noch ne Weile Wunden zu lecken ehe sie wieder aktiv werden würden soviel war klar , und wer sonst sollte wohl einen Einbruch in Kauf nehmen um an sie zu gelangen ? Zumal nicht nur Max Müller und Sohn Alex die Nacht im Haus verbringen würden , nein auch Brandmeister Peters würde zum Bewachen des Gerätes die heutige Nacht bei den Müllers verbringen ! Weder Spürner noch Max und seine kleine Truppe ahnten das in dieser Nacht noch grundlegende Dinge geschehen würden ! Alles begann im Hotel von Altmühltal . Manfred Siebentopf , Frührentner und Nebenerwerbsnachtportier in der Schäferkaue übernahm um 22:00 Uhr von der Schwester des

Wirtes , Maria Tollas , seinen Dienst und legte sich , nachdem sie gegangen war , auf der Couch in der Portiersloge nieder . Um etwa 0 : 00 Uhr erreichte Tex Walker das Telegramm seiner Abteilung aus New York . Es wurde ihm direkt auf sein Handy gesprochen , sofort schloss er es an einen kleinen mobilen Drucker an und ließ sich den Text ausdrucken . Zu unglaublich war was er da gehört hatte , das musste er Schwarz auf Weiß nachlesen ! Aber auch nach dem gründlichen Lesen des Schriftstückes fiel es Tex schwer zu glauben was er da las ! Erst ein Anruf in New York beim Bereitschaftsdienst vermittelte ihm das Einsehen , daß ernst gemeint war was im Telegramm stand . Mürrisch packte er seine Koffer und begab sich dann hinunter an die Rezeption . Einige Zeit nach ihm wurde auch Simone vom Meldeton ihres mobilen Telexempfängers aus den Armen ihres Freundes und Kollegen Pierre gerissen ! Auch ihr gingen beim ersten Durchlesen der Meldung die Augen über . Das konnte , nein , das durfte nicht stimmen was dort stand ! Letztlich blieb aber auch ihr , wie vorher auch schon Tex , keine andere Möglichkeit als den Anweisungen ihrer Nachricht zu folgen ! Siebentopf hatte kurze Zeit später bereits die zweite Abreise dieser Nacht zu bearbeiten ! Ein ausgesprochen seltenes und außergewöhnliches Ereignis ! Manfred Siebentopf passte das überhaupt nicht ! Er hatte diese Stelle angenommen um sich eine ruhige Nacht auf der Couch zu machen , eine ordentliche Mütze voll Schlaf abzufassen und dafür auch noch bezahlt zu werden . Das der Job nun in Arbeit ausartete passte nicht ins Konzept , er war fest entschlossen das zu ändern . Als zu Allem dann auch noch der russische Gast mitten in der Nacht auscheckte war das Fass am überlaufen ! Siebentopf war über alle Massen böse mit sich und dem Schicksal . Werner Fass wusste gar nicht was mit ihm geschah , als er morgens sein Hotel betrat und sofort von einem wutentbrandten Manfred Siebentopf angegangen wurde , der seinen Nebenjob mit sofortiger Wirkung kündigte . Vielbeschäftigt waren in dieser bezeichneten Nacht aber auch noch andere Teams . Klaus und Arthur Werber zum Beispiel , die sich langsam und leise an Max Müllers Haus heran arbeiteten . Im Licht , das durch das große Panoramafenster von Maxens Wohnzimmer in den Garten drang , konnten die Brüder Max und Alex Müller , sowie den Schuldirektor Wolfgang Peters in der Stube erkennen ! Also entschlossen sich die Beiden sich versteckt zu halten und zu beobachten wann Ruhe im Hause Müller einkehrte , dann wollten sie dort eindringen und sich diesen komischen Apparat von dem Ewald Schaum erzählt hatte beschaffen . Das Arthur erfahren hatte wo diese Maschine zu finden war , hatten die beiden Brüder dabei lediglich einem riesigen Zufall zu verdanken , ohne den sie wahrscheinlich bis zum Sankt Nimmerleinstag nach der Erfindung hätten suchen können , da sie diese natürlich bei einem Mitglied des ebenso wie sie , diebischen , Kleeblatts gesucht hätten ! Am Morgen nämlich war Arthur in den Garten von Hans Georg eingedrungen um auszukundschaften wo dieser wohl das wertvolle Gerät versteckt halten könnte . Beinahe wäre er dabei mit Wolfgang Peters zusammen geprallt , der unter verzweifelten Löschversuchen im Garten zwischen Brunnen und Terrasse hin und her rannte . Instinktiv hatte sich Arthur in das Unterholz des kleinen Fichtenwäldchens zurückgezogen , den Wollenwein sich im Garten hielt , und hatte die Position eines Lauschers eingenommen . So hatte er dann auch beobachten können , daß Alex Müller das Objekt der Werberschen Begierde zu sich mit hinüber nahm ! Tja , das Glück war eben manchmal doch mit den Glücklichen , dachte sein Bruder Klaus grimmig als Arthur ihm die Geschichte erzählte ! Und so lagen sie nun also in Maxens Garten auf der Lauer und warteten auf ihre Chance ! Und noch jemand schlich im Garten der Müllers herum , leise Klaus und Arthur beschattend ! Jussuf und Kemal nämlich waren ebenso wie die Werberbrüder zu dem Schluss gelangt , daß es sicherer und leichter wäre sich die Maschine zu stehlen , als darauf zu hoffen das Max Müller sich doch noch zu einem Verkauf überzeugen lassen würde . " Und das wo doch so harte US Dollar als Bezahlung auf ihn warteten !" , dachte sich Jussuf vergnügt schelmisch ! Die Zeit und Ruhe der Zwangspause nutzte Klaus Werber , um mit seinem Bruder gemeinsam ein stummes Gebet um Hilfe an den Schöpfer zu richten . Geduldig harrten sie dann aus , bis endlich Alex Müller aufstand und in Richtung Hausflur verschwand . Am Licht , das kurz drauf im oberen Stockwerk des kleinen Hauses anging , konnten die Brüder erahnen das er sich wohl in seinem Zimmer ins Bett legte ! Und weiter ging die Warterei . Trotz der immer wieder durch Max neu befüllten Kaffeekanne war deutlich zu erkennen , daß sich die zwei Freunde dort in der Stube immer mühsamer wach hielten . Bald ! Bald würde ihre Chance kommen , Klaus konnte es schon beinahe körperlich spüren ! Vor lauter Vorfreude auf die schönen Dinge die er mit seiner baldigen Beute anstellen wollte zitterten ihm die Finger immer heftiger . Immer länger wurden inzwischen die Phasen wo den Männern im Wohnzimmer das Kinn auf den Brustkorb sackte ! Immer schneller fielen ihnen die gerade mal mühsam hochgezogenen Köpfe wieder zur Seite weg ! Unübersehbar hatte die Müdigkeit gnadenlos zugeschlagen im Hause Müller , und schnell , recht schnell würde sie die Insassen tief in ihre wohlig weichen Arme des Schlafes aufnehmen ! Immer näher rückten die Werberbrüder nun der Glastür zum Haus , die Ungeduld trieb sie dabei voran ! Mit jedem wegknickenden Kopf im Inneren des Hauses , rückten draußen die Eindringlinge ein bisschen weiter vor . Endlich , die Freunde in der Stube hatten zum letzten Mal vor über 10 Minuten den letzten verzweifelten Versuch der Gegenwehr gegen ihren übermächtigen Gegner Müdigkeit gewagt , hielt Klaus die Zeit für reif . Leise erhob er sich , trat an die Terrassentür heran und holte ein Werkzeug aus flachem Stahlblech aus einer mitgebrachten Jutetasche hervor . Gekonnt setzte er es in Höhe des Riegels an der Glastüre an , schwups , eine schnelle Handbewegung , und die Tür sprang auf ! Arthur blickte seinen Bruder mit offenem Mund an ! Woher hatte der denn solche Fähigkeiten ? Arthur hatte auf diese Frage keine Antwort ! Vorsichtig setzten sie ihren Weg ins Haus von Max fort . Sie durchschritten das Wohnzimmer , dann die Diele , schließlich verharrten sie für einen Augenblick ratlos im Flur . Nur einen Moment dauerte diese Ratlosigkeit , dann stupste Klaus seinen Bruder an , deutete zur Kellertür und schob ihn dorthin vor . Unsicher tastend setzten sie Fuß vor Fuß , Stufe für Stufe ihren Weg in den Keller fort . Unten angekommen blickten sie sich Orientierung suchend um . Endlich entschieden sie sich für eine Tür am Ende des Kellerganges . Nach den Zeichnungen und Abbildungen von Motoren und Aggregaten zu schließen , die an der Tür zu diesem Raum angepinnt waren musste sich dort der Bastelkeller des Professors befinden ! Und dort das war jedenfalls am logischen , war auch die Wettermaschine zu vermuten ! Langsam näherten sie sich der Tür . Vorsichtig legte Klaus seine Hand auf die Klinke , drückte sie hinunter , und ..... stellte fest , daß die Tür verschlossen war! Aber auch diesen Wiederstand überwand Klaus mit wenigen geübten Griffen ! Arthur staunte immer mehr über seinen Bruder ! Über welche ihm unbekannten dunklen Talente mochte sein Bruder Klaus wohl noch verfügen ? Der Keller war angefüllt mit allem möglichen technischem Plunder . Platinen , Motoren , Relais und Blechteile standen in einer undurchschaubaren Ordnung in jeder freien Ecke des Raumes . Nur die Maschine nach der sie Ausschau hielten war nicht zu sehen in dem Tohuwabohu . " Fang Du dort an zu suchen ! Ich beginne auf dieser Seite !", Klaus deutete bei seinen Worten in den rechten

Bereich des Raumes , dann machte er sich in der linken Hälfte zu schaffen . Schritt für Schritt tastete sich Arthur im Kellergewölbe vorwärts . Plötzlich schrie er unterdrückt auf ! " Psst ! Was ist denn los Arthur ?" Klaus war ungehalten ! " Bin mit dem Schienbein gegen etwas hartes gestoßen ! Manno , tut das weh !" , Arthur stöhnte schmerzerfüllt auf . " Mensch , deshalb machst Du so nen Aufstand! ? Reiß Dich gefälligs zusammen ! Machst hier rum wie ne Memme , sind doch nicht zum Spaß hier !" , Klaus klang eindeutig sauer ! Enttäuscht über diese Gefühlskälte seines Bruders biss sich Arthur auf die Zunge und setzte seine Suche humpelnd fort . Da grunzte Klaus plötzlich triumphierend auf! Voller Stolz zeigte er auf einen leicht geschwärzten Metallkasten , der in einer Ecke des Raumes halb unter eine Werkbank geschoben , und mit einer alten Decke abgedeckt , verborgen worden war . Mit breitem Grinsen im Gesicht führte er gemeinsam mit Arthur einen Freudentanz auf , sofern es die beengten Räumlichkeiten zuließen . Leider hielt der aber nicht lange an ! Plötzlich tauchten nämlich hinter den beiden Brüdern zwei schwarz gekleidete , vermummte Gestalten auf , die die Freude der Zwei doch arg dämpften . " Was ? .... Was wollt ihr ?" , Klaus war der erste der seine Überraschung überwand .

Anstatt einer Antwort wurde ihm jedoch ein schwerer , süßlicher Rauch ins Gesicht gewedelt , beinahe augenblicklich wurde ihm die Zunge schwer , so daß er nicht mehr fähig war weiter zu sprechen . Auch Arthur kam in den Genuss dieses Duftstoffes und wurde damit ebenso zum Verstummen gebracht . Die Kraft in den Beinen ließ langsam nach bei den Brüdern , die Arme hingen schlaff und koordinationsunfähig geworden am Körper , keines der Gliedmassen wollte mehr den Anweisungen des Gehirns folgen ! Hinzu kam schon bald , daß die Gedanken ebenfalls der Kontrolle ihrer Herren entglitten ! Arthur , ohnehin großer Naturliebhaber , fand sich plötzlich in einem tiefen , dunklen , angenehm temperierten Wald wieder in dem Hirsche , Rehe und Vögel mit ihm herumtollten ! Keine Spur von Angst war ihnen dabei anzumerken . Selig lächelnd sackte Arthur im Bastelkeller in sich zusammen . Klaus war da schon übler dran ! Mochte es daran liegen das seine Gedanken oft boshaft waren , oder spielte da einfach nur der Zufall sein Spiel ? Niemand hätte es zu sagen vermocht , aber Tatsache war , daß seine Träume alles andere als angenehm waren . Um ihn herum erschienen immer mehr Geistliche die ihn drängten, seine Sünden zu beichten . Er verstand dabei überhaupt nicht ihre drängende

Vorgehensweise , schließlich war er ein sehr frommer Mensch der jeden Sonntag den Gottesdienst aufsuchte und selbstverständlich regelmäßig die Beichte ablegte . Diese Priester jedoch bedrängten ihn ungemütlich und mit einer Penetranz als wäre das nicht der Fall ! Klaus fühlte sich regelrecht bedroht von diesen heiligen Männern ! Verzweifelt versuchte er ihnen davon zu laufen , aber es schien ihm als wäre er auf dem Fleck auf dem er stand fest geklebt . Keinen Millimeter kam er voran ! Verzweifelt wollte er wenigstens um Hilfe rufen , aber auch das gelang ihm nicht . Sein Mund war wie mit Watte gefüllt , nur erstickt klingende Gurgellaute verließen seine Kehle . Immer größere Angst machte ihm zu schaffen , bis er endlich in eine erlösende Dunkelheit fiel die ihn tröstend umschloss . Jussuf zwinkerte Kemal durch den Augenschlitz seiner Maske hindurch aufmunternd zu . Wieder einmal hatte seine Geheimdroge , hergestellt aus seltenen Kräutern aus den Oasen Sultaninas , ihren Dienst vorbildlich erfüllt ! Selbstbewusst ergriff er die Wettermaschine und trat dann mit festem Schritt den Rückweg an . Er hatte was er in Deutschland beabsichtigte zu holen , nun stand dem Heimweg nichts mehr entgegen ! Ein letztes Mal nebelte er das Wohnzimmer von Max mit dem Rauch seiner Droge aus , dann verließ er das Müllersche Haus fluchtartig , bevor er noch selbst Opfer seines Rauches wurde ! Gerade dabei , den just erlittenen Schock von Manfred Siebentopfs Kündigung zu verarbeiten durfte nun auch der Chef und Wirt Werner Fass den ersten Gast des Tages früh am Morgen auschecken ! Es schien wie verhext ! Erst kamen diese geheimnisvollen Gäste wie aus dem Nichts hier an , nun schienen sie auch ebenso zu verschwinden ! Fass verstand die Welt nicht mehr ! In den über 30 Jahren in denen er jetzt den Beruf des Hoteliers ausübte hatte er nie erlebt , daß urplötzlich eine solche Traube Fremder aus unerkennbaren Grund auftauchte , einige Tage rumgammelte und die Zeit totzuschlagen schienen , und dann ohne erkennbaren Abschluss ihrer Reise wieder auscheckten ! Einige wenige Gäste , ja okay ! Aber so viele zur selben Zeit ? Nein ! Werner war verwirrt ! Ungefähr zur selben Zeit in der Fass über die seltsamen Vorgänge in Altmühltal nachgrübelte erschien Michael Spürner in seiner Dienststelle ! Voller Erwartung setzte er sich an seinen PC um die über Nacht eingegangenen E - Mails abzurufen . Sicher würde er dort den ersten Anhaltspunkt für seine Nachforschungen finden , davon war er überzeugt ! Wie groß war dann aber seine Enttäuschung als er feststellen musste das das nicht der Fall war ! Nicht nur das keine verwertbaren Rückmeldungen der Flughäfen eingegangen waren , das alleine hätte ihn ja schon geärgert , daß aber auch so überhaupt gar keine Mail auf dem Server seiner harrte brachte ihn beinahe zur Verzweiflung . "Die Flughäfen arbeiten immer schlechter mit , da muss unbedingt mal was passieren !" , dachte er erbost . Das es für jeden Flughafen normal war , jeden Tag größere Gruppen Ausländer abzufertigen und sie deshalb überhaupt nichts außergewöhnliches zu melden hatten kam ihm in seinem Groll nicht in den Sinn ! Aber eine andere Taktik fiel ihm ein , die er sofort in die Tat umsetzte . Über Fernschreiber ging eine Anfrage an sämtliche Ämter der Gemeinden heraus , wo in den letzten Tagen eine unerwartet hohe Anzahl ausländischer Gäste in den Hotelbüchern eingetragen waren . Jede Kommune der Bundesrepublik würde innerhalb kurzer Zeit diese Anfrage des BND in ihren Dienstfernsprechern vorfinden und es dann mit der Tagespost bearbeiten müssen ! Auf diese Weise versprach sich Spürner einen größeren Erfolg . Den Flughäfen wollte er es aber noch heimzahlen , das schwor er sich ! Ihm stellte es sich so dar , daß ihn das Personal dort schmählich im Stich gelassen hatte , und das erforderte Rache !

Max war der erste der langsam wieder zu sich kam . Sein Kopf brummte und summte wie nach einer schlimm durchzechten Nacht ! Dabei hatte er schon seit längerem keinen Alkohol mehr zu sich genommen . Er fand keine Erklärung für den bohrenden Kopfschmerz und das übelkeiterregende Schwindelgefühl das er verspürte . Vielleicht war ihm ja einfach nur die Aufregung um seine Erfindung aufs Gemüt geschlagen , dachte er im Stillen bei sich ! Auf dem Zweierteil der Couch schlummerte unterdessen Wolfgang Peters noch immer vor sich hin . Stöhnend erhob sich Max und schlurfte in seine Küche um eine Kanne Kaffee aufzusetzen . Vielleicht brachte der ihn wieder auf die Beine , so hoffte er ! Gerade als er damit beschäftigt war Kaffeepulver in den Filter zu füllen , kam Wolfgang ebenfalls in die Küche . Auch er hatte den gebückten Gang eines Greises drauf und stöhnte leise vor sich hin ! "Was ist bloß geschehen ? Ich habe einen Kopf wie eine Gasuhr !" , stieß er gequält hervor ! Erstaunt sah Max seinen Freund an ! Beide hatten sie ganz offensichtlich einen ausgewachsenen Kater ! Und Beide hatten sie nicht einen winzigen Tropfen Alkohol angerührt ! Er konnte sich beim besten Willen keinen Reim darauf machen . Mit zittrigen Fingern entnahm er seinem für medizinische Notfälle befüllten kleinen Hängeschrank eine Packung Aspirin , bediente sich von deren Inhalt , und reichte die Schachtel dann an seinen Freund weiter . Mit etwas Wasser spülten sie ihre Tabletten hinunter , dann setzten sie ihre Frühstücksvorbereitungen fort . Jeden Moment konnte Alex erscheinen da er ja zur Schule musste , und würde dann nach seinem Frühstück verlangen . Endlich hatte Max alles für ein gemeinsames Morgenmahl beisammen . Da er zu Ehren von Wolfgang den Tisch in der Stube decken wollte , packte er alle Sachen auf ein großes Tablett und machte sich dann auf den Weg zum Wohnzimmer . Im Flur seines Hauses glaubte er dann , sein Verstand verließe ihn nun vollends an diesem verrückten Tag . Leise , wie von Gespensterhand , wurde nämlich die Tür zu seinem Keller geöffnet , niemand war zu sehen der in den Keller gehen wollte ! Als sich dann Klaus Werber durch die halb geöffnete Tür schob hätte Max vor lauter Überraschung beinahe das Tablett fallen lassen . " Was machst Du denn hier ?" , fragte ihn Max erbost . " Ich , ähh , tja , also ... !" , Klaus stammelte unzusammenhängend vor sich hin . Just in diesem Augenblick schob sich hinter Klaus auch noch dessen Bruder Arthur aus dem Kellergang in den Flur . Max stellte schnell das Tablett in der Stube auf den Tisch , dann lief er die Stufen zu seinem Keller hinab . Eine dumpfe Ahnung trieb ihn dazu sofort nach seiner

Erfindung zu sehen ! In der Ecke angekommen in der er seine Maschine abgestellt hatte , fand er die Stelle leer ! Er hatte es gewusst , in dem Moment wo der zweite der Werberbrüder in seinem Flur aufgetaucht war , hatte er es gewusst ! Seine Wettermaschine war gestohlen worden ! Eine unbändige Wut bemächtigte sich seiner . Wie ein Blitz schoss er die Kellertreppe hinauf und dem ihm am, nächsten stehenden Bruder , in diesem Falle traf es Arthur , an den Kragen . " Ihr Diebe ! Ihr verdammten hundsgemeinen Diebe ! Wo ist sie ?" Arthur war zutiefst erschrocken , er hätte sich gar beinahe in die Hose gemacht vor Schreck als ihn Max mit wutverzerrtem Gesicht am Kragen schnappte . " Ich ! Wir ! Ich weiß nicht ... ! Keine Ahnung !" , stotterte er angstvoll . " Arthur will sagen , daß wir überhaupt nicht wissen von was Du eigentlich sprichst !" , Klaus versuchte es auf die forsche Art . " So du Neunmalklug ? Ihr wisst nicht von was ich spreche ? Was macht ihr denn in meinem Haus ? Soll ich lieber die Polizei zur Klärung der Umstände dazu bitten ?" , Max wurde immer ungehaltener . " Polizei ? Äh , nein , warum ... ?" , sichtlich kleinlauter war Klaus bei diesem Wort geworden . " Also raus jetzt mit der Wahrheit! Was ist hier heute Nacht geschehen ? Wo ist meine Maschine ?" , Max hatte sich beim Anblick des eingeschüchterten Klaus selbst auch ein wenig beruhigt und ließ nun auch Arthur wieder los . Anfangs stockend , mit steigendem Selbstvertrauen dann aber endlich fließend , berichteten die Brüder alles was sie zu den Geschehnissen wussten . Wolfgang , Max und der inzwischen dazugekommene Alex lauschten gespannt dem Bericht der Werberbrüder . Wo konnte wohl die Erfindung jetzt sein ? Diese Frage ging allen Teilnehmern der Runde durch den Kopf . Werner Fass rechnete derweil mit einem nach dem Anderen seiner Gäste ab . Bis zum frühen Vormittag waren alle abgereist . Altmühltal konnte zu altgewohnter Ruhe zurückkehren , so schien es . Aber da war ja noch der BND ! Der interessierte sich ja neuerdings auch für den kleinen Ort in der Heide ! Spürner war nämlich inzwischen aufgrund der Rückmeldungen auf seine Anfrage auf das Örtchen aufmerksam geworden und dorthin unterwegs , um sich direkt vor Ort ein Bild zu machen . In der weiten Welt versuchten vom heutigen Tage an beschämte Minister , Präsidenten , Botschafter und andere Offizielle den scharfen Tonfall , der geherrscht hatte , vergessen , und stattdessen gut Wetter zu machen ! Alle versuchten krampfhaft zu alter Normalität zurückzukehren . Nur die Wettermaschine blieb verschwunden ! Max und sein Freund versuchten alles , um etwas über deren Aufenthaltsort zu erfahren . Jedoch blieben alle Versuche ohne Erfolg . Am Abend saß ein zerknirschter Klaus Werber in der Beichtzelle seiner Kirchengemeinde und berichtete dem Geistlichen von seinen Schandtaten . Zur Sühne drückte der ihm das Beten von drei Vaterunsern auf , sowie die Spende von 100,- DM für die Gemeindekollekte , dann war Klaus seiner Sünden entledigt . Bereits beim Verlassen der Kirche überlegte er , wie er doch noch an die Wettermaschine kommen könnte . Dann brach eine weitere Nacht über Altmühltal herein . Die erste ohne einen Pulk fremder Gäste . Die erste in der die Wettermaschine verschwunden blieb . Die erste in der sich der BND in Person von Michael Spürner in Richtung des kleinen Heidedorfes in Bewegung gesetzt hatte !

7.Die Reise der Wettermaschine

Das um Unauffälligkeit bemühte Kleeblatt schied als Dieb der Wettermaschine aus , soviel war Max klar . Wer aber sonst in Frage kam blieb ihm verschlossen . Er kannte niemanden dem er den Diebstahl zugetraut hätte , einerseits ! Andererseits hatte er auch den Werberbrüdern und Wollenwein nebst Genossen keine Straftaten zugetraut , und was war geschehen ? Anscheinend brachen bei einer Erfindung wie seiner Maschine alle konventionellen Schranken ! All diese schwermütigen Gedanken halfen ihm jedoch nicht weiter ! Der Aufenthaltsort der Wettermaschine wurde dadurch auch nicht bekannt ! Am späten Nachmittag tauchte dann Michael Spürner in Altmühltal auf . Auffällig unauffällig erkundigte er sich bei Werner Fass nach seinen ausländischen Gästen , und machte ein Gesicht wie die Kuh beim Donnern als er hörte das die allesamt wieder abgereist waren . Für einige Minuten besann er sich , dann verabschiedete er sich vom Wirt und stieg wieder in seinen Wagen . Über das Autotelefon gab er Meldung an Schneidersohn und fragte bei ihm neue Anweisungen ab . Als er den Auftrag erhalten hatte in Altmühltal zu bleiben und zu versuchen herauszufinden was dort in den vergangenen Tagen geschehen war , stieg er aus dem Auto aus , schnappte sich seine Tasche und meldete sich erneut bei Fass an der Rezeption . Reibungslos erhielt er ein Zimmer und bezog dieses auch gleich . Er mochte die Heide , von daher wollte er seine Tätigkeit hier mit dem Erholsamen eines Heideurlaubs verknüpfen , soweit das möglich war ! Unterdessen hatte Alex mit seiner Freundin Sabrina gesprochen , sie sollte doch im Hotel die Augen nach Spuren einer Erfindung seines Vaters offen halten . Als er sich mit dem Fahrrad auf den Heimweg machte , musste er dann an der einzigen Ampel des Ortes bei Rot halten . Neben ihm stand ein weißer Kombi , besetzt mit dem orientalisch anmutenden Gast den er bereits in der Schäferkaue gesehen hatte . "Seltsam !" dachte Alex bei sich . " Alle sind abgereist , was tobt dann der noch hier rum ?" Hinten , auf der Ladefläche des Wagens stand ein mittelgroßer , eckiger Gegenstand , abgedeckt mit einer Decke . Von Form und Maßstab her erinnerte der Alex an die Wettermaschine von Max . Anscheinend sah er inzwischen schon überall Gespenster , so versessen wie er bei der Suche nach der Erfindung war . Da sprang die Ampel auch schon auf Grün und der Kombi fuhr an . Alex , der ganz in Gedanken versunken das

Umschalten der Lichtanlage verpasst hatte , stieg nun ebenfalls auf sein Radel und setzte seinen Weg fort . In der Ferne konnte er gerade noch erkennen das der Kombi in den Hof des Kebabgrills verschwand . Hmm , ein Verwandter Ünüglü's ? Aber warum stieg der dann erst im Hotel ab anstatt gleich bei seinem Verwandten zu wohnen ? Zumal er eher ärmlich denn reich wirkte und demnach das Hotelgeld sicher gut hätte anderweitig gebrauchen können ? Die Sache stank , fand Alex ! Er würde die Grillstube und seine Bewohner im Auge behalten , nahm er sich vor . Zuhause angekommen tagte gerade wieder der Kriegsrat bestehend aus seinem Vater und dem Schuldirektor Peters . Alex schloss sich dem an , allerdings kam man wieder zu keinem vernünftigen Entschluss . Es fehlten einfach Hinweise , wenn auch noch so kleine , Hauptsache sie wären vorhanden ! In ihrem Fall aber gab es rein gar nichts ! Zum Glück nur standen die Ferien unmittelbar bevor , so daß sie in zwei Tagen mit vereinten Kräften nach Hinweisen suchen konnten . Max war bisher aber noch der Einzige der bereits frei hatte . Nach Fertigstellung des Auftrages in der Firma hatte er sich nämlich nun Urlaub genommen . Er würde schon am frühen Morgen des nächsten Tages in allen erdenklichen Ecken Altmühltals herumzuwühlen beginnen um nach Erkenntnissen über den Verbleib seiner Erfindung Ausschau zu halten . Alle trieb der Mut der Verzweiflung voran ! Es würde sich schon was ergeben , machten sie sich immer wieder selbst Mut ! Inzwischen hatte Fatima einmal mehr einen Vertreter der Fluggesellschaft am Telefon . " Was, das Geld ist bei Ihnen noch nicht eingegangen ? Das verstehe ich nicht ! Wir hatten aber einen Fehler im Zentralrechner unserer Bank , vielleicht hat der die Überweisung verschluckt ! Ich kümmere mich darum , ja Herr Schmutzer !" , säuselte sie dem Herrn von der Gesellschaft ins Ohr . An Fatima war eine Schauspielerin verloren gegangen , so geschickt wie sie log ! Die Staatsbank von Sultanina verfügte zwar über einen solarbetriebenen Taschenrechner , keineswegs aber über eine moderne EDV !

Früh am nächsten Tag , Alex hatte gerade das Haus verlassen , machte sich auch schon Max auf die Strümpfe ! Er hatte sich vorgenommen an diesem Vormittag den ortsansässigen Schrottplatz zu durchforsten , dessen Inhaber war nämlich dafür bekannt , daß er es mit dem Schrott den er kaufte nicht so genau nahm was Herkunft und Besitzverhältnisse betraf ! Würde er dort keinen Erfolg verbuchen können wollte er systematisch alle weiteren Plätze der näheren , wenn nötig auch der nicht mehr ganz nahen Umgebung absuchen .

Irgendwo musste die Wettermaschine ja abgeblieben sein , in Luft auflösen konnte sie sich ja nicht ! Und vielleicht hatte sie tatsächlich irgendein Unwissender für seinen Schrottgehalt verscherbelt . Wenngleich diese Chance auch äußerst gering war , wie Max unumwunden zugeben würde wenn er darauf angesprochen würde . Aber wie hieß es doch so schön , " In der Not frisst der Teufel Fliegen !" . Nach diesem Motto ging der Prof in seiner Verzweiflung nun seinerseits vor . Als er allerdings am frühen Abend mit wundgelaufenen Füssen und ohne zum Mittag etwas gegessen zu haben nach Hause kam , musste er zugeben , daß seine Aktion keinerlei Erfolg vorzuweisen hatte . Nach wie vor tappte er im Dunklen ! Einer unruhigen Nacht folgte Alex letzter Schultag vor den Ferien , verbunden mit dem Abend des Abschlussballes , den er mit Sabrina besuchen musste , und für Max ein weiterer Tag rastloser Suche nach seiner Stecknadel , die ihm irgendjemand in den Heuhaufen geworfen hatte ! An diesem Tag hatte sich der Prof vorgenommen an den Postämtern der Umgebung nach einem Paket zu fragen das in den vergangenen Tagen aufgegeben worden war und das von den Abmessungen her seine Maschine sein könnte . In Celle gab es eine große Hauptpost , dort würde die Suche wohl am

Schwierigsten sein . Allerdings verpuffte auch diese Aktion im Nichts ! Niemand hatte ein Paket in dieser Größe in den letzten Tagen zu sehen bekommen . Abschließend telefonierte Max noch mit den privaten Paketdiensten , allerdings auch dort ohne Erfolg ! Eine Firma hatte ein Versandstück in angegebener Größe angenommen , darin allerdings waren lebende Zuchtvögel verschickt worden ! Max Hoffnungen auf ein Auffinden seiner Maschine wurden immer geringer . Am Nachmittag saß Spürner an der Aller und leistete Gedankenarbeit ! So nannte er es jedenfalls , Leute mit weniger Ahnung würden wohl eher sagen er angelte ! Gestresst von seiner Aufgabe erschien er in jedem Falle nicht ! Um 20:00 Uhr holte Alex Sabrina wie versprochen bei ihr zu Hause ab . Sie trug ein bezauberndes Sommerkleid mit Rüschen und Schleier , und sah schlichtweg herzergreifend aus ! Alex blieb die Luft weg , so hübsch war Sabrina ! Nie vorher war ihm aufgefallen welch schönes Mädchen seine Freundin doch eigentlich war , wenn sie ihre Jeans und Sweatshirts einmal ablegte und stattdessen figurbetontere Kleider anzog . Für den Rest des Abends wich ihr Alex nicht von der Seite , wobei er schwer mit seiner Verlegenheit zu kämpfen hatte . Irgendwie kam er sich ziemlich unsicher und tollpatschig vor neben seiner blendenden

Sabrina . Als der Ball dann beendet war und Alex Sabrina nach Hause brachte war er vollends verschüchtert ! Nur schleppend gelang es ihm auf Sabrinas Gesprächsanregungen einzugehen . Gerade passierten sie die Einfahrt zum Hof des Kebabgrills da drehte sich Sabrina Alex zu und fragte , : " Sag mal Alex was ist denn los ? Du bist so stille und abwesend heute ! Gefalle ich Dir nicht?" " Ohh , doch Sabri ! Ich ... !" , in diesem Moment quietschten durchdrehende Autoreifen im Hof des Restaurants auf und mit gequälten Reifen schoss ein Kombi ohne Licht den Hof entlang , direkt auf Alex und Sabrina zu ! Blitzschnell zog Alex die vor Schreck erstarrte Sabrina beiseite , gerade noch rechtzeitig um dem kreischenden Wagen auszuweichen . Durch das schlingernde Taumeln des Fahrzeugs rutschte die Decke beiseite, die noch immer den Gegenstand vom Nachmittag verdeckt hielt , und Alex meinte zu schielen ! Es blinkte ihm nämlich das Schaltpult der Wettermaschine seines Vaters entgegen ! Fluchend schüttelte Alex dem Rowdie seine Faust hinterher . Erst nachdem das Auto seinen Blicken entschwunden war begriff er , was er da gesehen hatte . Eine Entdeckung die seinen Vater ganz gewiss brennend interessieren dürfte ! Ünüglü als Komplize des Maschinendiebes ? Eigentlich nur schwer zu glauben , daß der immer freundliche

Mann mit Gangstern zusammenhängen sollte ! Aber in diesem Fall hatte es schon zu viele Überraschungen gegeben um irgendetwas ungeprüft auszuschließen . Mit festem Griff und immer noch vor sich hin schimpfend half Alex Sabrina auf , die mit ihren schönen Sachen mitten in eine Pfütze brackigen , verschlammten Regenwassers gestürzt war . Ihr schönes Kleid war wohl nicht mehr zu retten , neben Verschmutzungen wies es nämlich auch einige auffällige Risse auf . Auch sie fluchte in nicht druckreifer Manier vor sich hin ! Noch nicht ganz aufgerichtet kam Sabrina ins Straucheln und wäre beinahe gefallen . Schnell breitete Alex seine Arme aus und fing Sabrina auf . Ganz nahe lag ihr Gesicht an seiner Schulter als sie endlich wieder Halt gefunden hatte . Überdeutlich konnte Alex ihren warmen , wohlriechenden Atem in seinem Gesicht spüren , während er hübsche , schelmische Sternchen in ihren Pupillen blitzen sah ! Er konnte nicht widerstehen ! Langsam senkte er seinen Mund dem ihren zu , um ihn dann mit einem zärtlichen Kuss zu verschließen . Erst erstaunt schmiegte sich ihm Sabrina in zweiter Reaktion fest in seine starken Arme ! Nur zu gerne erwiderte sie die Zärtlichkeiten seiner weichen Lippen . Für eine Weile vergaßen die beiden Zeit und Raum und das Leben um sie herum . Dann aber drang schlagartig die Realität in ihre Hirne durch . Etwas verlegen , aber auch überglücklich gingen sie weiter . Gegenseitig entluden die beiden ihren Zorn in Fluchen und Verwünschungen während sie ihren Heimweg fortsetzten ! Spürner war unterdessen noch immer bei schwerster Gedankenarbeit , nicht einmal den Einbruch der Dunkelheit schien er bemerkt zu haben ! Daß ihn einige Fische durchs Beißen an seiner Angel in seiner Tätigkeit behinderten nahm er dabei als willkommene Nebenwirkung in Kauf ! Alex war inzwischen daheim angekommen und hatte seinem Vater berichtet . Sofort gingen die Zwei los um Ünüglü zur Rede zu stellen . Vergeblich klingelten sie sich die Finger wund . Niemand in dem Haus fühlte sich gemüssigt , die Haustüre zu öffnen und die späten Besucher einzulassen . Murrend , aber zur Tatenlosigkeit verurteilt , traten sie den Heimweg an . Am nächsten Mittag würden sie wiederkommen , und zwar direkt in die Grillstube wo Ünüglü nicht würde ausweichen können . Wäre doch gelacht wenn nicht die nötigen Informationen von ihm zu bekommen wären ! Für heute jedoch blieb ihnen wohl nichts anderes übrig als ihre Versuche einzustellen , so zuwider ihnen das auch war ! Früh am nächsten Morgen telefonierten sie mit Wolfgang Peters um ihn um Unterstützung zu bitten . Jussuf saß an diesem Morgen auf einem halb zerstörten Flugplatz im Kosovo fest und wartete voller Ungeduld auf die Ankunft der Maschine die ihn nach Sultanina weiterbefördern sollte . Er hatte am Vorabend versucht ein Ticket bei einer der renommierten Fluggesellschaften zu buchen , keine wollte jedoch seine Schecks anerkennen , und Bargeld hatte er nicht genügend . Es langte gerade um die Karten für die Never Come Back Airlines zu zahlen , die ihn mit einigen Zwischenstops in seine Heimat befördern wollte ! Der Flieger von Hannover hierher ging dabei ja noch so einigermaßen . Zwar sah man ihm an , daß er nicht mehr der jüngste war , aber zumindest liefen die Turbinen rund , technisch schien er in Ordnung zu sein . Was hier auf diesem Flugplatz allerdings so startete und landete sah durchweg aus als wäre es nur mit Mühe der Verschrottung entgangen ! In Jussufs Därmen gärte die nackte Angst ! Krampfhaft versuchte er die bangen Gedanken zu vertreiben ! Ablenkung brachte da das Aufpassen auf die Wettermaschine, die er neben sich stehen hatte . In Altmühltal frühstückten zu dieser Zeit gerade Max , Sohn Alex und Wolfgang Peters , um sich für ihre Mission bei Ünüglü richtig zu stärken . Zu dritt betraten sie schließlich zur Mittagszeit den Grill . Es hatte ihnen einige Mühe gekostet so lange daheim beim Kaffee zu sitzen , aber wenn das beste Geschäft des Tages lief würden sie am ehesten etwas von Kemal erfahren , so kalkulierten sie ! Sie setzten sich an einen freien Tisch in der Ecke und baten die herbeieilende Bedienung den Chef zu ihnen zu schicken . Kemal erschien auch recht bald , seinem Blick war das schlechte Gewissen deutlichst anzumerken . " Kemal , alter Freund ! Sag mal , wir suchen etwas ! Und Du könntest uns bei der Suche weiterhelfen , hörten wir ?" , eröffnete der Prof das Gespräch . " Ich soll ihnen helfen können Herr Müller !? Wer sagt denn so etwas ? Ich weiß doch gar nichts von Ihrer Maschine !" " Ach Kemal , Kemal ! Woher weißt du denn dann , daß wir nach einer Erfindung von Max suchen ?" , Peters Tonfall war Sarkasmus pur ! " Ich ? Ich weiß von nichts !" , brüsk wollte sich Kemal vom Tisch entfernen . " Hmm , ja Max ! Ich habe auch gehört das die Maul - und Klauenseuche hier in Deutschland besonders bei Schafen nachgewiesen wurde !" , setzte Wolfgang Peters süffisant nach . " Ja Papa , und wird nicht Kebab aus Hammel gemacht ?" , fragte Alex ganz unschuldig ! Wie von der Tarantel gestochen fuhr der Wirt herum und starrte seine Gäste entsetzt an ! " Bitte , stellen sie diese Reden ein ! Mir werden ja die Kunden unruhig !" " Hmm , ja Kemal ? Wolltest du uns vielleicht doch etwas berichten ?" , Max klang entschlossen . Ein Seufzen aus tiefster Brust war Kemals einzige Antwort , aber entmutigt winkte er dem Trio ihm zu folgen . " Na bitte ! Mit Geduld und guten Worten kommt man halt immer voran !, dachte Wolfgang grimmig . Im gemütlichen Hinterzimmer des Grillbesitzers angekommen bot ihnen dieser einen Sitzplatz auf einem der kuschelweichen Sitzkissen an die hier in Gruppen herum standen . Der ganze Raum wirkte typisch orientalisch ! Nur türkisch schien er Alex nicht zu sein . Seine Vorstellungen von türkischem Wohnen waren andere und begründeten sich auf die Erzählungen türkischer Mitschüler ! Auch Peters erschien an der Einrichtung etwas nicht stimmig zu sein . Nur Max merkte nichts davon , seine Gedanken schweiften zu sehr zu seiner Erfindung hin . Nachdem Kemal seinen Besuchern einen Mokka , sowie einen Schlauch der in der Mitte des Raumes stehenden Wasserpfeife angeboten hatte setzte auch er sich hin . Schuldbewusst , jedoch trotzig abweisend starrte er vor sich hin . Es war offensichtlich , daß er von sich aus nichts preisgeben würde , also begann Wolfgang die Unterhaltung ! " Also Kemal ! Was können Sie uns denn nun über das Verschwinden und den Verbleib der Erfindung meines Freundes sagen ?" Wieder seufzte Ünüglü gepeinigt vor sich hin , setzte aber letztlich doch zu einer Erklärung an . Gespannt lauschten die Drei den Ausführungen des Grillbesitzers . So manche Überraschung hielt dessen Bericht bereit und mehr als einmal stießen die Freunde einen Laut der Verwunderung aus . Wer hätte auch gedacht das sich hinter Ünüglü eine ganz andere Identität versteckte , die Verbindungen zum Geheimdienst eines Golfscheichtums unterhielt ? Am erschüttertsten allerdings war , daß die Wettermaschine nun dorthin unterwegs war ! Das würde ihre Wiederbeschaffung nicht gerade erleichtern ! In bedrückter Stimmung traten die drei Freunde ihren Heimweg an . Unterwegs trafen sie auf einen übermüdet aussehenden , jedoch fröhlich vor sich hin pfeifenden Michael Spürner der als Frucht seiner Gedankenarbeit gleich einen ganzen Eimer Fisch mit in die Pension nehmen konnte . Er wollte sich seinen Fang von der Hotelküche frisch zubereiten lassen , und hatte so einen Überhang an Vorfreude auf ein leckeres Mahl in sich . Unser Freund Jussuf hatte es unterdessen tatsächlich geschafft . Endlich war der Flieger gekommen der ihn in seine Heimat bringen sollte . Als er allerdings vor diesem Fluggerät stand , wurde ihm noch übler als ihm ohnehin schon gewesen war ! Hätte ihm jemand erzählt , daß das möglich gewesen wäre , er hätte es aus vollster Überzeugung verneint ! Hatte er doch bereits vorher schon eine Angst gespürt wie nie vorher in seinem Leben ! Eine Angst die mit kalten Fingern in seinen Eingeweiden wühlte und mit starrem , eisigen Griff sein Herz umfasst hielt ! Beim Anblick dieses Fliegers aber , oder was auch immer dieser Haufen Blech darzustellen gedachte , steigerte sich diese Angst nochmals um ein vielfaches ! Beinahe hätte Jussuf die Besinnung verloren , so sehr lief sein Verstand Amok bei dem Gedanken hier einsteigen und den sicheren Boden verlassen zu sollen ! Panisch blickte sich Jussuf auf dem Barackengelände des sogenannten Airports um , in verzweifelter Hoffnung auf einen Ausweg aus seiner Situation . Das einzige allerdings das er entdecken konnte war eine primitiv zusammengezimmerte Wellblechbaracke die mit einem großen , selbstgemalten Pappschild mit der Aufschrift `Bar` versehen war ! Den scharfen Geruch des selbstgebrannten Sliboviz hatte er mehr als einmal in der Nase gehabt , im steten Zweifel ob er da ein Getränk oder Desinfektionsmittel roch , jetzt aber schien ihm dieses selbstgebrannte Gesöff als einziger Ausweg . Zwar konnte es ihm den Flug nicht ersparen , es sei denn es verlieh Flügel wie es eine dieser blödsinnigen Werbungen im deutschen TV über ein bestimmtes Getränk behauptete , aber vielleicht konnte ihm die Suppe wenigstens das

Bewusstsein darüber nehmen , daß er mit dieser Seifenkiste von einem Flugzeug den Flug tatsächlich antrat ! " Dem Ertrinkenden genügt auch ein Strohhalm zur Hoffnung !" , machte sich Jussuf selbst Mut , dann entschied er noch , daß in seinem Fall ja nicht der Genuss von Alkohol im Vordergrund stand , sondern die Einnahme einer Medizin gegen panische Reiseangst , so war auch der religiöse Aspekt abgehakt , und schon machte er sich auf den Weg zur Bar ! Um der Wirkung des Getränkes der Teufel nicht so sehr zu verfallen , daß er letztlich sein Ziel total verpasste und hier in den Rausch fiel , während die Seifenkiste ohne ihn flog , lud er einen Steward der Crew ein doch einen Drink mit ihm zu nehmen ! Als einzige Bedingung stellte Jussuf , daß ihn der Mann in jedem Falle mit ins Flugzeug nahm , egal wie sehr er , Jussuf , sich dagegen sträuben würde ! Der Mann der Besatzung , der nur zu gerne einmal einen scharfen Drink genoss versprach dieses sogleich und schon war man im Duett auf dem Weg zum Ausschank . Jussuf genügte ein Glas des flüssigen Feuers um seiner Sinne beraubt zu sein , der Steward genehmigte sich drei . Obwohl selbst mehr als berauscht , bemerkte Jussuf doch , daß auch der Flugbegleiter nach dem hochprozentigen Sliboviz ein wenig lallte und seine Beine nicht mehr hundertprozentig in der Gewalt hatte . Ihm sollte es egal sein , er war nun so mutig , oder war es Gleichgültigkeit , das er auch in den Rachen eines Tigers geklettert wäre um seinen Heimweg fortzusetzen ! Arm in Arm , ein lustiges Liedchen trällernd gingen die Zwei auf ihr Reisegefährt zu . " Wo ist der Pilot ! Ich möchte ihm wenigstens die Hand drücken und ihm viel Glück für unseren Flug wünschen !" lallte Jussuf vor sich hin als ihn der Uniformierte in seinem Sessel festschnallte . " Reich mir die Flosse , Genosse !" , entgegnete undeutlich der Steward und tastete mit unsicherem Griff nach Jussufs Hand . Immer offensichtlicher wurde auch beim trinkgewohnten Flugbegleiter die Wirkung des Selbstgebrannten . Mit seinen Worten konnte Jussuf jedoch nichts anfangen , hatte er doch dem Piloten die Hand reichen wollen , nicht jemandem vom Kabinenpersonal ! Es traf ihn wie der Schlag einer Keule in der Magengegend als er nun aus seinen verwässerten und brennenden Augen sehen konnte , daß sich sein Trinkkumpan schwerfällig durch die schmale Tür zur Pilotenkanzel drängte ! Ihm fehlte der Mut den nun tatsächlich anwesenden Stewardessen die Frage zu stellen ob ihr Flugkapitän sich eventuell gerade halbtrunken seinen Weg zu seinem Arbeitsplatz vorwärts kämpfte ! Zu sehr hatte ihn sein Glück verlassen , eine Bestätigung seiner Befürchtungen könnte er nicht mehr verkraften !

Leise fing Jussuf an vor sich hin zu beten . Schon ewig lange hatte er sich nicht mehr an Gott gewandt , zudem mit einer Alkoholfahne , aber in seiner Situation war eh alles egal ! Auch die unwahrscheinlichste Hilfe konnte Mut machen , und er würde sie nicht nutzlos vorbeiziehen lassen ! Das eintönige herunterleiern der immer gleichen Gebete schläferte den angetrunkenen Jussuf bald ein , und er fiel schließlich in einen gnadenvollen Schlaf der Hoffnung . Unterdessen hob der einsatzfähige Pilot mit seiner Maschine ab und nahm Kurs auf Sultanina . Außer Jussuf war kein weiterer Passagier in das Flugzeug eingestiegen . Entweder hatten alle genügend Geld um sich einen ordentlichen Flug zu leisten , oder sie waren weniger lebensmüde als Jussuf ! Wer wusste das schon immer so genau was die Menschen umtrieb ? Eigentlich hätte das Flugzeug ja mit seinem einzigen Passagier direkt nach Sultanina durchfliegen können ! Aus zweierlei Gründen ging das aber nicht . Zum einen hatten die Betreiber der Gesellschaft Hoffnungen das es noch andere Verrückte wie Jussuf gab , die sich zu ihrer irren Mannschaft ins Flugzeug begaben und bestanden deshalb darauf , daß jede Zwischenlandung einzuhalten war . Zum anderen hatten die Piloten jeweils nur Erlaubnis so viel Kerosin zu tanken wie sie gerade benötigten um den nächsten Flugplatz zu erreichen ! Auch dafür gab es wieder zwei Gründe . Zum ersten hatten die Manager so Zeit etwas Geld für die nächste erforderliche Tankrechnung zu besorgen , was nicht immer leicht war , man denke nicht , daß sich die Manager nur in klimatisierten Büros mit hübschen Sekretärinnen und geistvollen Getränken vergnügten ! Zum zweiten jedoch war der Schaden nicht so hoch wenn doch mal eines der schrottreifen Flugzeuge abschmierte , wie es einer der Herren auf einer Betriebsversammlung salopp den Mitarbeitern an den Kopf geworfen hatte ! Kerosin war schließlich eine teure Sache und wurde beinahe täglich immer teurer , hatte er dann sogar noch hinzugefügt ! So hatte Jussuf in seiner Seelennot also auch noch einige halsbrecherische Starts und Landungen , durchgeführt von einem nicht ganz nüchternen Piloten vor sich ! Ab jetzt würde er immer den Gottesdienst besuchen und regelmäßig der Kollekte spenden , versprach er seinem Schöpfer wenn ihn dieser nur heil daheim ankommen ließe , so schwor Jussuf immer wieder in seinen unzähligen Gebeten !

Max , Alex und sogar Wolfgang Peters hatten sich inzwischen für eine Reise nach Nordafrika gerüstet. Alex hatte dabei den schwierigsten Part zu bestreiten . Sabrina war nicht davon abzubringen ihren frisch gebackenen , festen Freund alleine ziehen zu lassen . Alle Bekräftigungen , daß es für sie viel zu gefährlich wäre mitzureisen , und das Alex alles in seiner Macht stehende tun würde um auf sich gut aufzupassen zogen nicht . Anscheinend gab es überhaupt nichts Irdisches das ihren Entschluss ins wanken bringen könnte ! Letztlich war es dann aber doch eine sehr profane Sache , die Sabrina von der Unmöglichkeit ihres Beschlusses überzeugte ! Sie hatte keinen Pass ! Das eine Ausreise ohne , gar eine Einreise im außereuropäischem Ausland unmöglich war , sah selbst die verliebte Frau ein ! Allerdings kostete sie diese Einsicht eine Flut von Tränen ! Endlich brach das Trio der Suchenden nach Hannover auf ! Bis zum Flughafen Langenhagen blieb Sabrina bei ihrem Alex , jede Minute bis zum letzten Termin des Eincheckens kostete sie aus . Beim Einsteigen in den Flieger hatte Alex ein mulmiges Gefühl im Bauch . Dort unten stand schließlich die erste Liebe seines jungen Lebens , mit der er liebend gerne durch Feld und Wald gezogen wäre , Küsse gewechselt , Zärtlichkeiten ausgetauscht hätte , nicht aber von ihr Abschied genommen um in eine ungewisse Zukunft zu reisen gewollt hätte ! Aber egal , die Umstände erforderten halt seinen Einsatz ! Also musste er da durch ! Keine Zeit zum

Grübeln . Nach Start des Flugzeuges blickte er noch lange versonnen dem immer kleiner werdenden hannoverschem Boden hinterher , bis dieser endgültig unter einer Wand aus Wolken verschwunden war . Die Reise hatte begonnen !!

8. In Sultanina

Um unsere Helden herum waren überall in der Welt Minister und Präsidenten darum bemüht die herrschende Missstimmung mit den Nachbarn und Verbündeten wieder zu beseitigen . Die Spanier luden beispielsweise den französischen Abgesandten zu einem Empfang , nicht ohne vorher den Geheimdienst beauftragt zu haben heraus zu finden welche Speisen und Getränke der Abgesandte besonders liebte , um ihm genau diese servieren zu können ! Die Kanadier luden die US - Amerikaner zu einer großen Treibjagd mit anschließender wilder Fete ! Die Russen veranstalteten ein Besäufnis für die Rumänen ! Die Österreicher luden die Italiener zu einem Tiramisu Schmaus gigantischen Ausmaßes ! Die Deutschen staunten über all dieses , wussten sie doch nicht was dort warum geschah ! Unterdessen saß Spürner wieder einmal mit einem Eimer voller Forellen am Wasser und sinnierte !

Das Flugzeug setzte in weitem Bogen zur Landung auf dem Airport Sultanina an . Hohe schattenspendende Palmen die sandige Flächen von gepflasterten Wegen trennten ,waren das erste was Max und Co zu sehen bekamen . Hätten sie den Blick eines Greifvogels , dann könnten sie unter den ameisengrossen Menschen dort unten Jussuf in die Schalterhalle des Airports kriechen sehen . Der war nämlich auch erst vor wenigen Minuten , nach einer panisch machenden Irrfliegerei , auf einem abgesperrten Teil des Flughafens gelandet . Der Pilot hatte die Maschinen des Schrottfliegers gar nicht abstellen brauchen ! Kaum vom Vollgasbetrieb befreit erstarben sie mit einem letzten Seufzer und stießen dabei schweren und klebrigen schwarzen Qualm aus ! Das Knirschen der Lager ließ vermuten , daß sie wohl nie mehr starten würden , das allerdings sah der Pilot anders ! Er hatte vor nach einem kurzen Tankstopp in etwa einer halben Stunde wieder zu starten und weiter zu fliegen . Jussuf trieb die pure Furcht so schnell ihn seine Beine trugen aus dem Bereich des Fliegers weg . Wenn der explodierte wollte er so weit wie möglich davon entfernt sein . Krumm vom unbequemen Sitzen auf den herausragenden Stahlfedern der Sitze wankte Jussuf zur Flughafenhalle davon . Schwer trägt er am Gewicht der Wettermaschine die er auch jetzt nicht aus den Augen lassen möchte . Aber wie bereits erwähnt hatten unsere Freunde , selbstverständlich , nicht die Sehschärfe eines Greifs ! So konnten sie den krummen Jussuf auch nicht flüchten sehen . Aber ihr Flugzeug ging in steten Kreisen tiefer und würde auch jeden Augenblick seine Reifen auf dem hoheitlichen Boden Sultaninas aufsetzen . Neugierig blickten die Drei aus dem Fenster , bis eine Stimme sie aufforderte sich zu setzen und die Sicherheitsgurte anzulegen . Ihre Freude auf das neue Land hielt sich in Grenzen ! Überwiegend war doch die Sorge um das Neue und Unbekannte , das ihrer harrte ! Würde es ihnen gelingen Max` Erfindung an sich zu bringen und gut nach Deutschland zurück zu transportieren ? Oder würden sie in einem fremden Land ins Gefängnis geworfen werden und dort verschimmeln ? Die nächsten Tage würden es zeigen ! Das erste was ihnen auffiel als sie das Flugzeug verließen war , daß die Gebäude von Nahem längst nicht so sauber und gepflegt aussahen wie aus der Luft . Alles war schäbig , angegraut und wirkte leicht baufällig ! Es war offensichtlich , daß wenige Gelder vorhanden waren den Flughafenkomplex in Ordnung zu halten ! An einem verwitterten Schalter erkundigten sie sich nach einem Hotel , sowie einer Fahrgelegenheit dorthin , dann setzten sie ihren Weg fort . Mit einem klapprigen VW der Nachkriegsjahre , der hier sein Gnadenbrot als Taxi verdiente wurden sie ins Sultanina International gebracht ! Ins beste Haus am Platz ! Eigentlich war das International nur eine dreistöckige Lehmziegelbaracke , mit kleinen stickigen Räumen , genannt Hotelzimmer . Sie buchten für jeden eine dieser feuchtwarmen

Kammern , allerdings direkt nebeneinander liegend . So konnten sie sich schnell und unauffällig in einer der Zellen treffen um ihre Pläne abzustimmen . Als erstes stand einmal ein Rundgang in der Stadt auf dem Stundenplan , um sich so mit den Örtlichkeiten vertraut zu machen . Im Zentrum der Stadt Sultanina gab es einen alten Bazar , geheimnisvoll fremd wirkte er auf die Drei . Von allen Seiten bestürmten sie Händler , die ihnen die unterschiedlichsten Sachen feil boten . Vom Goldschmuck , über exotische Gewürze und Heilmittel , bis hin zu leckeren Spezialitäten der arabischen Küche konnte man hier im Händlerviertel alles erstehen ! Es war wie im Traum von tausendundeiner Nacht ! Nachdem sie den Bazar hinter sich gelassen hatten erreichten sie die Mauern des Sultanspalastes . Ein alter Ziegelbau , mit schlanken hohen Schießschartenfenstern und verspielten Türmchen . Aber auch hier am Heim des Landesfürsten war die Armut des kleinen Sultanats zu erkennen . Zwar war hier gründlicher auf den Zustand des Gemäuers geachtet worden als an den anderen , öffentlichen Gebäuden , aber hundertprozentig im Topzustand war auch der Palast nicht ! Hier am Palast beendeten die drei Altmühltaler ihren ersten Orientierungsspaziergang und gingen zurück zu ihrem Hotel . Langsam sackte die Dunkelheit über Sultanina herunter . Es war Abend geworden . Vor dem Abendessen stellten sich unsere Freunde noch einmal unter die Etagendusche , zogen sich um , und begaben sich dann in den Speisesaal der Herberge . Es gab arabisches Kuskus , ein Genuss der den Freunden fremd vorkam , den sie aber genüsslich hinunter schlangen ! Eine Reise macht eben hungrig ! Gesättigt , und so bereit zu neuen Taten ging man nach dem Essen auf Max` Zimmer um einen Schlachtplan auszuarbeiten . Das erste Problem dürfte wohl sein festzustellen ob die Erfindung wirklich hierher verbracht worden war , und ob sie sich schon im Land befand , oder noch auf dem Transport hierher ! " Bei der Armut der Menschen hier bietet es sich an mit Bestechung zu arbeiten um die nötigen Informationen zu erhalten !" , meinte Wolfgang dazu . " Tja , ist sicher ein Weg ! Wird aber unsere Reisekasse arg beanspruchen , hoffentlich nicht überbeanspruchen !" , antwortete ihm Max . " Ach ! Na ja ! Kennst doch das Motto der Fleischerzunft , Max ! Kommt auf`s Pfund nicht drauf an , Hauptsache es Gewicht stimmt !" , feixte Wolfgang Peters seinem Freund zu . Max und Alex lachten laut auf ! Ganz frei klang dieses Lachen allerdings nicht . Nur zu deutlich war die Anspannung und Ungewissheit seiner Verursacher im Lachen zu hören . Aber auch der Scherz Wolfgangs klang etwas gepresst . Schließlich wussten sie alle nicht was sie hier im fremden , orientalischen Land erwartete ! Am nächsten Tag machten sich Max und Wolfgang auf den Weg zum Flugplatz Sultanina Stadt . Eine Weile lang standen sie im Empfangstower herum und beobachteten was wer vom Personal zu tun hatte . Als sie einen der Mitarbeiter ausgemacht hatten der für das Ausladen des Gepäcks zuständig war näherten sie sich ihm vorsichtig ! " Verstehen Sie deutsch ?" , fragte Max vorsichtig freundlich an . Ein verständiger Blick des Arbeiters zeigte Max das der ihn zumindest verstehen konnte . Kein Wort kam allerdings als Antwort über seine Lippen . " Ich würde ihnen nur gerne ein paar Fragen stellen . Mehr nicht , guter Mann !" , versuchte es Max nochmals . Dümmlich , oder in jedem Falle desinteressiert grinsend starrte ihn der Mann nur weiterhin an . Keine Reaktion sonst ! Max sah zu Wolfgang und Alex hin , und sagte , : " Tja , hier ist wohl jeder Versuch vergebliche Liebesmüh ! Der versteht uns nicht ! Oder er will uns nicht verstehen , was aber letztlich aufs selbe raus kommt !" " Ja Du hast sicher recht Max !" , antwortete Wolfgang . " Pi , pa , po !" , sprach da der Arbeiter in stolzem Tonfall . Verblüfft blickten unsere Freunde erst den Sultaniner , dann sich untereinander an ! Was sollte das bedeuten ? Was wollte ihnen der Mann wohl sagen ? " Pi , pa , po !" , kam es da wieder von dem Mann , wobei er stolz seinen Kopf bejahend vor und zurück nicken ließ . Weder aus seinem Grinsen , noch aus dem Kopfnicken wurden die drei Deutschen schlau . Also wandten sie sich von ihm ab um nach einem anderen Menschen zu suchen , der ihnen eventuell helfen könnte . Sie entdeckten eine junge Frau an der Passagierabfertigung , die interessiert zu ihnen herüber sah . Mit einem kurzen Blick verständigten sich die Drei untereinander , dann machten sie sich zu dem Fräulein auf den Weg . " Guten Tag die Herren ! Sie müssen Abduhl entschuldigen , er meinte es nicht böse mit Ihnen . Er versteht nur ihre Sprache nicht , redet aber trotzdem gerne mit Menschen ! Kann ich Ihnen vielleicht ein wenig weiterhelfen ? Sie sind aus Deutschland , ja ?" , begrüßte sie das zauberhafte Geschöpf in zwitscherndem Tonfall . " Oh ! Ja ! Sicher ! Oder besser , ich denke schon !" , Max war von dem reizenden Anblick der jungen Frau und ihrer erfrischend ungezwungenen Art hin und weg . Insgeheim schmunzelte Wolfgang über das Backfischgebahren seines doch eigentlich schon in hohem Mannesalter stehenden Freundes ! " Wir suchen nach einem Freund den wir in Deutschland kennen gelernt haben , und der von hier ist ! Vielleicht können Sie uns sagen ob er schon wieder im Lande ist !?" , half ihm Wolfgang auf die Sprünge . " Hm , mag sein , daß ich das tatsächlich kann !" , antwortete die Hübsche nachdenklich . " Wie heißt Ihr Freund denn ? Und mit welchem Flug ist er gereist ? Dann schlage ich es eben in meinen Unterlagen nach !" " Oh , ja , wissen Sie ! Wir wissen nicht mit welcher Gesellschaft er gereist ist !" , Peters wurde ein wenig unsicherer . " Na gut , sagen Sie mir halt seinen Namen , dann sehe ich in den Passagierlisten aller Flüge der letzten Tage nach !" , die Hübsche war noch immer die Freundlichkeit in Person . " Tja , hm ! Seinen Namen ! Eigentlich wissen wir nur seinen Vornamen !" , nun schaltete sich auch Max wieder ins Geschehen ein . Das Lächeln der Süßen gefror jetzt zu einer Maske ! Anscheinend fühlte sie sich auf den Arm genommen , sie blieb aber auch jetzt noch die Hilfsbereite . " Ja !? Und wie lautet dieser Vorname ?" " Jussuf !" , gab ihr Wolfgang bereitwillig Auskunft . Die Schöne griff zu einem Stapel mit verschiedenen Flugplänen , in denen auch die gebuchten Passagiere aufgeführt waren und fing an zu suchen . Je länger sie suchte , desto hoffnungsloser wurde ihr Gesichtsausdruck . Schließlich gestand sie , daß sie einen Jussuf nicht hatte finden können . " Hm , tja ... ! ? Was wissen wir denn noch von dem guten Jussuf ? Er erzählte etwas von einem Anstellungsverhältnis beim Staat Sultanina ! Wenn's stimmt wäre er Abteilungsleiter oder ähnliches !" , murmelte Max vor sich hin . " Ach ! Ja dann !" , die Schöne lachte auf , dann griff sie zu einem Telefon und tippte eine Nummer ein . Es dauerte einen Augenblick bis sich am anderen Ende jemand meldete , dann jedoch ließ die junge Frau einen Redeschwall in Sultaninisch in den Hörer fluten . Eine ebenso hektische Stimme antwortete , dann kurze Pause . Nachdem ein erneuter Erguss fremdartiger Wörter aus dem Hörer zu vernehmen gewesen war den die Schöne ebenso temperamentvoll beantwortete , legte sie den Hörer auf . Mit einem engelsgleichen Lächeln wandte sie sich an die drei Deutschen . " Jussuf bin insge Heim , Chef unseres Sicherheitsamtes ist vor kurzem mit dem Flieger einer Billigairline hier gelandet ! Vielleicht ist ja er der Jussuf den sie suchen !?" Wie elektrisiert blickten sich die Drei an . Das musste er sein ! Sie hatten also die Fährte aufgenommen ! Voller Freude ergriff Max die junge Frau übermütig über den niedrigen Tresen hinweg , nahm sie in den Arm , drückte sie fest an sich , und gab ihr einen Kuss ! Halb erschreckt , halb gerührt sah ihn die Schöne an ! " Entschuldigen Sie meinen Freund bitte , junge

Frau ! Er neigt zum Überschwang !" sagte Wolfgang zu ihr , dann drückte er ihr einen Geldschein in die Hand und zog seine beiden Kumpane von dem Schalter fort . Zurück blieb eine total verdutzte Leila , so nämlich hieß das schöne Kind ! Auf direktem Weg begaben sich die drei Freunde zu ihrem Hotel . Beim Verlassen des Flughafens kam ihnen dabei der Arbeiter von vorher nochmals entgegen . " Pi , pa , po !" , rief er ihnen fröhlich lachend entgegen . Wolfgang stutzte. Dieses Pi , pa , po musste doch irgendeine Bedeutung haben ! Welche nur ? Es blieb ihm allerdings vorerst verborgen was sich dahinter versteckte ! Gemächlich schlenderten sie die Straße nach Sultanina Stadt , auch Samu Rai genannt , hinunter und beratschlagten wie sie Jussuf wohl ausfindig machen und so den Aufbewahrungsort der Erfindung herausbekommen könnten . Es fiel ihnen aber nicht so recht was ein ! In Altmühltal bei Celle machte sich unterdessen ein frohgelaunter Spürner auf den Weg zu seiner herzallerliebsten Angelstelle ! Gerade hatte er eine Anfrage seines Chefs nach dem Stand der Dinge dahingehend beantwortet , daß die Recherche vor Ort wohl noch einige Zeit in Anspruch nehmen würde . Nun hatte er also den Rücken für anstrengende Angelpartien frei , und diese Gelegenheit wollte er nicht nutzlos verstreichen lassen . Fröhlich pfiff er ein Lied vor sich hin während er seinem Lieblingsplatz zustrebte ! Zu seiner Entschuldigung sollte man eventuell anfügen , daß es ein deutsches Volkslied war , das er pfiff ! Er hatte sein Vaterland also nicht vollends vergessen und sahnte nur ab ! Nein , er pflegte ganz nebenbei sogar noch deutsches Liedgut ! Ganz vorbildlicher Beamter ! Stets das Wohl der Heimat im Blick , und dadurch doppelt und dreifach belastet . Welch ein Stress! Da würde ihm das Angeln sicher mal ganz gut tun . Und auch der beamtete Staatsdiener Jussuf war gerade sehr gestresst ! Er versuchte dem Landesfürsten Scheich Abdullah ben gott Lich nämlich die Vorteile der Wettermaschine deutlich zu machen , was besonders prekär war , da der Scheich genauestens über Sinn oder Unsinn jeder Geldausgabe peinlichst genau informiert werden wollte ! Jussuf konnte also unter Umständen mächtigen Ärger bekommen . Dann nämlich , wenn Scheich Abdullah den Nutzen der Erfindung nicht so positiv bewerten würde wie es Jussuf fix in der Beratung mit seinem Stellvertreter und dem Bruder Ali`s getan hatte . Eine unangenehm klebende Schicht aus Schweiß bedeckte seinen gesamten Körper während er dem Scheich die Vorteile des Apparates in höchsten Tönen anpries . Ein wenig hatte das

Ganze die Atmosphäre eines Bazarverkaufes . Wie erleichtert war Jussuf doch , als das Staatsoberhaupt in ein zufriedenes Grinsen ausbrach . Das Eis war gebrochen ! Sein Einsatz im Nachhinein genehmigt ! Jussufs Blutdruck sank augenblicklich auf den Normalstand zurück . Ein angenehmer Stolz brannte in seiner Brust ! Unterdessen hatten unsere Freunde die ersten Häuser von Samu Rai erreicht . Sie suchten sich einen schattigen Platz an dem sie eine Rast einlegen konnten , und fanden ihn schließlich am Tisch eines Cafés das seine Stühle und Tische im Schatten einer großen Palme aufgestellt hatte . Ein idealer Platz um einen arabischen Mokka zu genießen und dabei zu beratschlagen welche Maßnahmen wohl die geeignetsten wären um weiter vorzugehen . Man beschloss den Umkreis des Sultanspalastes zu beschatten und dabei möglichst viele Leute nach Jussuf auszuhorchen . Vielleicht konnten sie so herausfinden wo dessen Büro war um dann einen Zugang dazu zu erkunden . Nach dem Genuss eines weiteren Mokka machten sie sich auf den Weg . " Auf auf , zur Erstürmung der Bastion !" , rief Max übermütig . Sie waren gerade mal einige Straßenzüge weit gegangen , da stoppte Wolfgang Peters den Marsch der Freunde . Nach einem kurzen Zuruf verschwand er in einem kleinen , unscheinbaren Lädchen und ließ seine Freunde dabei verdutzt zurück ! Nach einigem Suchen entdeckten die Beiden ein kleines Schildchen , das den Laden als einen Bücherladen auswies . Was um alles in der Welt wollte Wolfgang in einem Bücherladen in Sultanina ? Wollte er etwa ein in Sultanina geschriebenes Buch lesen ? Wo er doch die Sprache gar nicht konnte ? Es erschien Max und Alex schon etwas seltsam , aber schließlich musste Wolfgang ja wieder aus dem Laden heraus kommen , dann wollten sie ihn fragen was er dort gesucht hatte ! Sie mussten jedoch lange Warten ! Ungeduldig trat Alex von einem Fuß auf den anderen , während Max auf einem kleinen Stück Weg hin und her wanderte . Aber endlich war es dann doch so weit ! Ein fröhlich vor sich hin pfeifender Wolfgang kam aus dem Lädchen gestiefelt und setzte direkt den Weg in die Richtung fort die die drei vor seinem Betreten des Lädchens eingenommen hatten . Alex und Max sahen sich fragend an , dann legten sie einen Zahn zu um ihren nun bereits ein Stück voraus eilenden Freund einzuholen . " Wolfgang ! Was wolltest Du denn in einem arabischen Buchladen ?" , Max Stimme spiegelte sein Erstaunen wieder . " Ein sultaniner Buchladen Max ! Ein Sultaniner !" , entgegnete Wolfgang heiter . " Na okay ! Und was wolltest Du   dann   in   einem sultaniner Buchladen ?", Max wirkte nun ungeduldig ob der Spitzfindigkeiten seines Kumpans . " Oh Max . Du kennst doch mein Interesse an Sprachen ! Ich habe mir ein Wörterbuch Sultanina / Deutsch , und Deutsch / Sultanina bestellt !" , Wolfgang wirkte noch immer sehr zufrieden . " Wir suchen hier meine Wettermaschine ! Und Du denkst nur an Deine Sprachstudien !?" , Max wirkte enttäuscht . " Nicht nur , mein lieber Freund ! Nicht nur , aber auch ! Und es kann ja auch durchaus unserer Sache dienen !" Max murmelte sich etwas in den Bart , sagen allerdings tat er nun nichts mehr . Das Argument mit der Dienlichkeit der Landessprachenkentnisse war zu stechend als das er darauf noch hätte irgendwas logisches erwidern können ! Noch einige Minuten Fußmarsch später und unsere Freunde erreichten die Mauern der Sultansresidenz . Auf dem großen Platz davor tummelten sich viele Einheimische . Sie kauften an den aufgestellten Ständen etwas ein , oder verkauften an den Marktständen , oder sie bummelten einfach nur gelangweilt durch die Menschenmasse . Eine Menge potentieller Auskunftsgeber also für unser Trio ! " Frisch gewagt ist halb gewonnen !" , sprachen sie sich Mut zu , dann mischten sie sich unters Volk . Nur wenige der Menschen sprachen Englisch , Deutsch noch weniger . Es war also mühsam Auskünfte von den Menschen zu erhalten ! Aber zäh und langsam ging es voran . Immer wieder wurden unsere Freunde dabei mit der Wortkombination " Pi , pa , po !" konfrontiert . Das musste wohl ein landesüblicher Spruch sein , schlossen sie daraus ! Näheres würden sie mit Sicherheit erfahren wenn der von Wolfgang bestellte Übersetzer am nächsten Tag geliefert wäre ! Aber man berichtete ihnen wenigstens , das Jussuf hinter den Palastmauern sein sollte . Er wäre vor wenigen Tagen von einer Reise heim gekehrt und dann hinter den Wällen des sultanschen Anwesens verschwunden und bisher nicht wieder aufgetaucht , erzählte einer der Markthändler . Somit gingen unsere ermittelnden Freunde nicht gänzlich ohne Ergebnis zurück ins Hotel als der Tag sich unerbittlich dem Ende geneigt hatte . Sie verbrachten eine unruhige Nacht in der ihnen das Elektrisieren des Stellens der Beute einen nur kurzen Schlaf bescherte ! Jeder Gedanke fokussierte sich beinahe schon automatisch auf das Zurückbeschaffen von Maxens Erfindung . Die Meute hatte das Wild gerochen und wartete nun paralysiert auf den Moment des Zuschlagens . Früh am nächsten Morgen traf man sich fertig angekleidet zum Frühstück im Hotelrestaurant . Auch Uneingeweihte konnten den tatendurstigen

Glanz in ihren Augen unschwer sehen , wenn sie ihn auch nicht einzuordnen vermochten . Heute sollte der Tag der Entscheidung sein ! Mit dem Mute des Dreisten wollten sie im Palast eine Audienz beim Scheich erbitten um ihn dann direkt auf die Wettermaschine und ihre Herausgabe anzusprechen ! "Wer wagt gewinnt !" , dieser Devise gedachten sie zu folgen . Nach einem erfolglosen Zwischenstopp um Wolfgangs Übersetzer abzuholen , so früh am Tag hatte in Sultanina kein Bücherladen offen , schon gar nicht weil es aufgrund der hier verbreiteten Armut kaum Leser für gekaufte Bücher gab ! Sie würden also am Nachmittag nochmals hierher kommen müssen . Sich durch diesen kleinen Rückschlag nicht entmutigen lassend setzten sie ihren Weg zum Sultanspalast fort . " Auf in den Kampf , die Schwiegermutter naht ! .. " summte Max in Gedanken vor sich hin . Alex hielt es da mehr mit , " I will survive ... !" Während sich Wolfgang mit dem Queen Hit , " We are the champions , my friend ! We`ll keep on fighting to the end !" Mut zusummte . Ob der Text dabei allerdings originalgetreu der Feder der Gruppe Queen entsprang oder einer Wolfgangschen Abänderung desselben , vermochte er nicht zu beschwören , was ihn allerdings auch nicht im geringsten juckte! So gewappnet setzten sie ihren Vormarsch mit festem Schritte fort . In der großen , und aufgrund der Finanzmisere beinahe leeren Parkhalle traf zu dieser Zeit gerade Kali ben Gros in Not , Fuhrparkleiter , Chefmechaniker , Chauffeur , Kamelpfleger und Leibwächter seiner Hoheit und Heiligkeit Scheich Abdullah ben gott Lich ein und nahm langsam , gaaanz laaangsam , seinen täglichen Dienst auf , der damit begann das weiße Lieblingskamel des Scheichs , Andromedar , zu füttern und dann zu bürsten ! Dies alles geschah wie bereits erwähnt ohne jede Hektik , beinahe im Zeitlupentempo . Der Scheich war nämlich der Meinung , daß seine Landsleute wenn schon arm nicht an Zivilisationskrankheiten deren Ursache oftmals in der ungesunden Stressigkeit des sogenannten modernen Lebens fußten erkranken sollten . Bettelarme Herzinfarktopfer waren seiner Hoheit ein Gräuel , deshalb hatte er für Sultanina eine Art Schneckentempo als Maßstab aller Verrichtungen bestimmt . Das die Einhaltung dieser Langsamkeit einigen Einwohnern wiederum Stress bereitete , da ihr Lebensrhythmus halt ein schnellerer war , negierte der Scheich dabei hartnäckig ! Also ließ sich Kali bei all seinen Verrichtungen alle Zeit der Welt . Das er dabei teilweise wie die Karikatur eines Pantomimen wirkte , störte ihn längst nicht mehr ! " Never give the stroke a chance !" , war die alles überragende Devise . Allerdings nutzte er auch gerne unbeobachtete Momente um sich herzergreifend frei , und so schnell oder langsam es ihm gerade passte zu bewegen . So taten es in Sultanina die meisten Menschen . In Anwesenheit des Scheichs schön laaangsam , sah er es nicht, dann so wie es ihnen gefiel ! Mit einem Eimer voller kristallklarem , frischen , köstlichen Wassers schlich er auf das Gatter Andromedars zu . Mit neugierig erwartungsvollem Blick erwartete ihn das Wüstenschiff , im Falle Andromedars musste allerdings eher von einer Wüsten - Luxusjacht gesprochen werden , bereits , genau wissend das zu dieser Zeit des Tages von Kali frisches Wasser und Leckereien gereicht wurden . Ein Kamel war eben doch nicht zwangsläufig ein `dummes Kamel` , wie es in westlichem Sprachgebrauch gerne verballhornt wurde ! Genüsslich ließ sich das Tier die allmorgendlichen Annehmlichkeiten gefallen , dann legte es sich zu einem Vormittagsschlummer in die saubere Streu . Plötzlich , wie vom Skorpion gestochen schoss Andromedar aus seinem Bette auf , grunzte und schrie schrill und laut , daß das Mark im Knochen sauer wurde , und blickte Kali mit tödlichem Hass im Auge an ! Anstatt nun allerdings in krankmachende Hektik zu verfallen, drehte sich dieser erneut dem Kamel zu , schlenderte zurück zum Gatter und häufte mit einem weichen Besen aus der verteilten Streu ein kleines Häufchen auf , so daß es direkt wie ein Kamelbettchen aussah . Dann stellte er den Besen in der Ecke ab und verließ erneut das Gatter des Sultanslieblings . Gewohnt im Umgang mit Andromedar hatte Kali sofort gewusst , daß der heute wieder einmal seine Launen auslebte und keinesfalls etwas besorgniserregendes hinter dessen beängstigendem Schrei steckte ! Kamele waren halt sehr launische Tierchen , was allgemein bekannt ist ! Von diesen Begebenheiten ahnten unsere Freunde bei ihrem Sturm auf den Palast allerdings nichts ! Andererseits ist aber auch nicht zu erwarten gewesen , daß es sie sonderlich interessiert hätte . Sie hatten ihre eigenen Probleme ! Gerade traten sie vor den Torposten , der am Zugang zum Palastgelände stand und baten um Einlass zu einer Audienz beim Scheich . Verwundert zog der Posten eine Braue hoch , wobei er die Deutschen fragend aus großen, kindlich wirkenden Kulleraugen ansah ! Er verstand kein Wort von dem was sie ihm gesagt hatten , das war offensichtlich . Wolfgang versuchte es nochmals ! Er sprach den Wächter auf Englisch an , eine der Weltsprachen . Die musste der Wachsoldat doch einfach verstehen , meinte er! Doch weit gefehlt ! Wieder erfolgte keine

Reaktion des Postens . Nachdem der Soldat die Fremden noch einen Moment neugierig betrachtet hatte , drehte er sich um , ergriff eine altmodische und auch schon vom Zahn der Zeit recht mitgenommene Klingelkette und zog an dieser einige Male kräftig . Von irgendwoher aus dem Hintergrund war schwach eine Gebimmel vernehmbar , Zeichen dafür , das der Wächter mit seiner Aktion etwas in die Wege leitete ! Unmerklich strafften sich die Körper unsere Freunde ! Nun also wurde es ernst !

9.Frisch gewagt ... !

Sie warteten nicht lange , da erschien aus dem Tief des Hofes hinter dem Wachsoldaten ein wichtig aussehender Mensch , der wohl Vorgesetzter des Torpostens zu sein schien . Jedenfalls sprach dieser den Mann sofort an als er kam , und dem Tonfalle nach machte der ihm Meldung über den Grund seiner Störung ! Mit einer farbenschillernden Uniform bekleidet , auf der Brust Orden und Schnüre , hinterließ der kleine , krummbeinige Mann einen zwiespältigen Eindruck! Einerseits wollte man über seinen Anblick lächeln , andererseits wagte man das nicht, da irgendetwas an ihm vor Spott warnte und Respekt einflößte ! Übertrieben selbstdarstellerisch wandte er sich an die Deutschen und fragte in gestelztem Englisch , " Ihrer Herrschaften wönschen bütte !?" " Wür wörden görne den Scheich speeken!" , konnte Wolfgang nicht an sich halten und äffte den Tonfall des Mannes leicht nach . Ein designierter Blick des Beamten war seine Belohnung . " Und in wölcher Angelegenheit bütte ?" , fragte der als hätte er die leichte Ironie Peters` nicht bemerkt . " Das besprechen wir besser mit ihm selbst !" , mischte sich nun Max in gekonntem Englisch ein . " Büttä folgen sie mir !", erwiederte der Offizier und ging den Freunden voraus . Dabei machte er derart langsame Bewegungen das sein Gang seltsam künstlich wirkte . Sie schickten sich an dem Mann zu folgen da sagte der Wachtposten , : " Pi , pa , po !" Wie vom Blitz getroffen schnellte Peters herum und sah den Wächter an . Der lächelte wie ein Honigkuchenpferd , dann wiederholte er , : " Pi , pa , po !" wobei er leicht mit dem Kopf nickte . " Ich muss dieses Übersetzungslexikon haben ! Unbedingt !" dachte Peters , dann folgte er seinen Freunden , die allerdings aufgrund des Tempos des Offiziers ohnehin kaum voran gekommen waren . Noch immer über den Spruch grübelnd bummelte er den anderen hinterher .

*

Während unsere Freunde über den Hof schlichen hatte Sultan Abdullah ben gott Lich gerade Besuch von seiner 4. Frau Suleika ! " Oh mein Scheich , mein Gebieter ! Wenn die Maschine richtig läuft , lässt Du mir doch herrlich schönes Regenwetter zaubern , nicht !? Stell Dir doch nur vor , wir Zwei laufen durch prima erfrischenden kühlen Regen ! Arm in Arm ! Wäre das nicht ..... ?" Abdullah hörte ab diesem Satz bereits nicht mehr zu ! Suleika war nicht die Erste die an diesem Tag bei ihm vorstellig geworden und irgendwelche Wetterwünsche geäußert hatte . Seine anderen Frauen , einige seiner Kinder , und sogar ein Teil der Angestellten war ihm schon auf die Pelle gerückt um Wünsche wegen des ihrer Meinung nach angenehmsten Klimas zu äußern . Der Sultan war vollkommen entnervt ! Und noch immer fuhr Suleika fort ihre Argumente breit auszulatschen und immer wieder neu , allerdings anders ausgedrückt , durchzukauen . Wann würde ihr endlich die Luft ausgehen für ihre langatmigen Ausführungen ? Der Scheich wartete sehnsüchtig auf diesen Augenblick ! In ihre Ausführungen hinein platzte Alimeh , des Sultans jüngster Sohn , gerade fünf Jahre alt !" Papa , ich höre Du schenkst uns eine Wettermaschine !? Dann lässt Du es doch bestimmt endlich schneien hier bei uns , nicht ? So ne richtige Rodelbahn mitten im heißen Afrika , das ist der Hau !" , unterbrach er seine Mutter kaltblütig . Der Sultan rangierte am Rande eines Nervenzusammenbruchs entlang . Unterdessen hatte Kali ben Gros in Not Andromeda erneut den Rücken zugedreht und war dabei vom Zwinger fort zu gehen . Wieder machte das weiße Kamel einen Affenaufstand ! Kali blieb also nochmals stehen , drehte sich zu dem Tier um und sagte , : „ Heute fährst Du wohl wieder das volle Programm , oder !?" Allerdings war sein Tonfall dabei nicht halb so scharf wie es die Worte vermuten lassen . Vielmehr klang eine heitere Gelassenheit in seiner

Stimme mit während er sprach . Langsam setzte er sich nochmals zum Gatter Andromedars` hin in Bewegung , wobei er in den Taschen seines Arbeitszeuges kramte . Dort angekommen , holte er seine Hand aus den Klamotten heraus und hielt dem Kamel einige Feigen und Datteln entgegen , die er für genau diesen Zweck (Andromedar damit hin und wieder ein wenig zu verwöhnen) in den Taschen seines Arbeitszeugs deponiert hatte . Für sein Leben gerne fraß Andromedar diesen Mix heimatlicher Früchte ! Genüsslich schmatzte er vor sich hin , dabei beinahe hektisch darauf bedacht auch nicht einen Tropfen des köstlichen Fruchtsaftes verkommen zu lassen . Rann ihm auch nur der winzigste Tropfen an den schlaffen Lefzen hinab und drohte in den Staub zu platschen schleckte er sich eiligst mit seiner großen , rauen Zunge das Maul ab . Viel zu gerne genoss er den Geschmack der Leckerei , als daß er diesen Tropfen würde entbehren können ! Sich über das verwöhnte Kamel amüsierend wandte sich Kali ein weiteres Mal ab und stapfte nun endgültig zu seinem kleinen Aufenthaltsraum davon . In der Zwischenzeit hatten unsere Freunde unter der Führung des Zeremonienmeisters endlich den Warteraum zum Empfangssaal seiner Hoheit Scheichs Abdullah ben gott Lich erreicht und machten es sich nach Aufforderung ihres Führers in den dort stehenden weichen Sesselkissen bequem . Auf das Klopfen seines Empfangschefs hin , sowie dessen folgender Erklärung , daß draußen drei Ausländer zu ihm vorgelassen werden wollten wimmelte der Scheich schnell seine Frau und seinen Sohn ab . Dringende Staatsgeschäfte bedürften seiner Zeit erklärte er ihnen , mit ihren Wünschen wolle er sich dann später auseinander setzen ! Nachdem die zwei Nervensägen ihn verlassen hatten wendete sich Abdullah wieder an seinen Beamten . „ Wer sind diese Ausländer von denen Du sprichst ? Sagten sie woher sie kommen und was sie wollen ? Mir ist nicht ganz wohlig bei dem Gedanken es könnte sich um die Besitzer dieser komischen Maschine handeln die uns insge Heim ins Land geschleppt hat !" „Genau ! Die müssen es wohl sein Euer Erhabenheit ! Sie redeten jedenfalls von einer Erfindung als sie dachten ich verstünde ihre Sprache nicht !" , antwortete der Majordomus ! Der Scheich zuckte wie unter einem Stromschlag zusammen . Er hatte gleich befürchtet , daß die Maschine Ärger bringen würde , er wollte in keinem Falle das durch die Weltpresse die Meldung von einer Räuberhochburg Sultanina lief ! Was konnte man da nur tun ? Die drei Ausländer vielleicht auf nimmer Wiedersehen verschwinden lassen ? Der Scheich war unschlüssig ! „Bitte unsere Besucher herein Kabullah !" wies er endlich seinen Empfangschef an . Sofort wandte sich dieser um , verliess den Empfangsraum und holte die drei Deutschen auf dem Flur ab um sie zu seinem Herrscher zu geleiten . Ben Gottlich grübelte unterdessen hin und her wie er mit den Fremden verfahren sollte , sollten sie wirklich die Besitzer der Maschine sein und diese zurückfordern . Bereits in dem Moment als sie den Saal betraten , wusste der Scheich , daß er die Eigentümer der Wettermaschine vor sich hatte ! Vielleicht war's ja nur Einbildung , gemischt mit schlechtem Gewissen , aber irgendwie meinte Gottlich den Deutschen am Gesicht ansehen zu können das sie ihr Eigentum von ihm zurückfordern wollten ! Entsprechend reserviert und unfreundlich unsicher trat er den Besuchern entgegen . Zielstrebig preschte Max vor und schilderte dem Herrscher sein Begehren . Dessen Gesicht verzog sich zu einer Grimasse aus Erstaunen und Überraschung , " Guter Mann , wie kommen Sie nur darauf Ihre Erfindung hier in meinem Land wiederfinden zu können ? Zwar sind wir ein armes Land , aber Dieben und Hehlern gewähren wir deshalb noch lange nicht Unterschlupf ! " Nicht nur unsere Freunde , nein auch ben Gottlich selbst spürte , daß diese Lüge nicht vollends glaubwürdig ausgesprochen worden war ! Aber dennoch , die Fronten waren fürs Erste geklärt ! In Max kochte eine unbändige Wut . Nur mit Mühen gelang es Alex und Wolfgang ihn vor unbedachten Handlungen zu schützen . Unverbindliche Abschiedsfloskeln ausstoßend zogen sie Max eiligst mit sich fort und verließen den Audienzsaal . Nun musste Plan B her , um die Erfindung zurückzuerhalten . Wie dieser Plan B aussehen sollte wussten unsere Freunde zwar selbst noch nicht , aber daß er in Kraft treten müsste war nun klar . Denn die Maschine war hier in Sultanina , das ergab sich zweifelsfrei aus der Aussage der Flughafenbediensteten in Verbindung mit der schlechten Lügenleistung des Sultans ! Im sultanschen Parkhaus trafen unterdessen zwei Wissenschaftler der Forschungsabteilung Sultanina ein , die vom Scheich herbeigerufen worden waren um die Wettermaschine zum Einsatz zu bringen . Es stellte sich allerdings recht bald heraus , daß es nicht so einfach zu machen sein würde wie es der Sultan und seine Gefolgsleute erhofft hatten . Anfangs war es den Experten nicht mal möglich der Maschine auch nur die mindeste Reaktion zu entlocken . Erst am späten Abend lief das Gerät für einen Sekundenbruchteil an , um direkt wieder in einem wilden Hustenanfall zu ersticken ! Die Erfindung würde den Orientalen also noch so manche Nuss zu knacken geben !

Unsere Freunde jedoch begaben sich nach erfolgloser Scheichsaudienz nicht sofort zu ihrem Hotel zurück . Vielmehr suchten sie noch einmal den Buchladen auf um nach Peters` Buch zu fragen . Allerdings war auch dieser Besuch vergebens , das Geschäft war nach wie vor geschlossen . Ziellos wanderte man dann vorerst durch die fremdartigen Gassen , bis Max` plötzlich einen , wie er meinte , genialen Einfall hatte . Man solle den Flughafen nochmals aufsuchen , um die freundliche junge Frau vom Flugschalter eingehender nach dem Sultan , den Landessitten und allem was sonst noch von Vorteil sein konnte auszuhorchen ! Einstimmig wurde sein Vorschlag von Alex und Wolfgang angenommen . Eine bessere Idee hatte eh keiner von ihnen , warum also nicht die hübsche junge Frau im Flughafen besuchen ? So dachten die Beiden , oder besser so dachte Wolfgang ! Alex dagegen war im Moment alles recht , da ihn gerade eine tiefe Woge des Heimwehs nach Sabrina überrollte . Also schlenderten die drei Deutschen stadtauswärts davon . Wenig später erreichten sie die angegrauten Hallen des Airports und betraten sofort die bei der unglaublichen Hitze die in Sultanina herrschte , direkt kühl wirkenden schattigen Räume der Abflughalle . Schon von weitem konnten sie Leila , tief gebückt über

Abflugakten , arbeiten sehen . Ein unverbindlich freundliches Lächeln auf ihre Lippen zaubernd traten unsere Freunde näher an Leilas Schalter heran . Anfangs die Deutschen nicht bemerkend schreckte sie auf als sie von Max unverbindlich angesprochen wurde . Auf ihr erschrecktes Antlitz huschte jedoch sofort beim Erkennen ihrer Besucher des Vortages eine heitere Gelassenheit . Diese sympathischen Männer waren gern gesehene Gäste an ihrem Schalter , die ihr auf angenehmste Weise die Zeit zu vertreiben wussten . Leila freute sich aufrichtig die Drei wieder zu sehen ! " Hallo Miss , ich hoffe wir stören Sie nicht !" , eröffnete Max das Gespräch mit der Hübschen . " Nein , nein meine Herren . Ganz im Gegenteil . Ich freue mich immer über nette Besucher . Womit kann ich Ihnen heute dienen ?" , das Lächeln auf ihren schönen Lippen war sinnverwirrend ! " Damit mit uns eine Tasse Kaffee zu trinken !" , Wolfgang entgegnete das Lächeln Leilas . " Hm , bei uns trinkt man Mokka , keinen Kaffee ! Aber wenn Sie noch 15 Minuten Zeit erübrigen können , dann habe ich Feierabend .... !" Zufrieden trollten sich unsere Freunde in Richtung des Eingangs davon . Sie wollten nicht das dadurch das sie den Betrieb am Schalter Leilas behinderten ihre Freundin Schwierigkeiten bekam . Allerdings hatten in Sultanina ohnehin keine Menschen genug

Geld um Flugreisen zu buchen , und auch der Besucherverkehr hielt sich in Grenzen , so daß Leila nichts weiter zu tun hatte als abgeschlossene Reisedaten statistisch zu erfassen . Aber sicher ist sicher , warum sollten sie Leila auch nur im geringsten in Gefahr bringen Ärger zu bekommen ? Erschrocken zuckten sie zusammen , als sie aus der Leere der Halle heraus angesprochen wurden ! " Freudig grinsend stand der Arbeiter vom Vortag plötzlich wie aus dem Nichts kommend hinter ihnen . " Pi , pa , po !" skandierte er voller Stolz . In Wolfgang stieg langsam kochende Wut auf . Was zum Teufel bedeutete bloß dieser Spruch ? Er würde noch dem Wahnsinn verfallen wenn er da nicht hinter kam ! In diesem Moment kam Leila auf die kleine Gruppe zu , und sofort vergas Wolfgang seinen Ärger beim Anblick der verführerischen Schönen aus Sultanina City . Fröhlich und ungezwungen plaudernd schlenderte man in Richtung Stadtkern davon , um es sich in einem romantisch , verspielten , orientalischem Kaffeegarten gemütlich zu machen . Lange saßen die Vier beisammen ! Scherzten ! Lachten ! Genossen die Gesellschaft der Anderen ! Kurz , ließen es sich rundherum gut gehen ! Unsere Freunde erfuhren in dieser Zeit eine Menge über Land und Leute , sowie den Herrscher des Sultanats . Aber auch ihre freundschaftlichen Gefühle für Leila vertieften sich in diesen Stunden . Erfuhren sie doch auch einiges über ihre familiären Umstände und Probleme , und somit mehr über den Menschen Leila . Das brachte automatisch sich vertiefende private Gefühlsbindungen mit sich , die es beim Kennenlernen der Flughafenhostess Leila nicht gegeben hatte . Trotz der Abfuhr beim Sultan gingen unsere Freunde mit dem Gefühl einen Schritt voran gekommen zu sein heim . Sie waren guten Mutes ihre selbstgestellte Aufgabe erfüllen zu können . Müde und zufrieden entspannt legten sie sich später zum Schlafen nieder . "Frisch gewagt ... " , waren die letzten Gedanken die Max an diesem Tag durch den Kopf schossen . Er wurde geweckt als ihn irgendetwas an der Schulter berührte ! " Hey , wach auf ! Es ist schon spät am Tag ! Wach endlich auf du Sägemühlenbesitzer !" , abwechselnd sprachen ihn Alex und Wolfgang an . " Was heisst hier Sägemühlenbesitzer !?" , grummelte Max als er sich auf den Rücken herum rollen liess . " Na , was Du Dir heute Nacht zurecht geschnarcht hast gereicht echt jedem Sägewerk zur Ehre !" , antwortete ihm Wolfgang . " Ich schnarche überhaupt nicht ! " , hielt Max dagegen . " Nicht !?" , Wolfgang und Alex sahen sich erstaunt an . " Nein ! Nicht ! Wegen der ständigen Gerüchte ich würde schnarchen hab ich es nämlich letztens mal wissen wollen und bin die ganze Nacht auf geblieben ... ! Und was meint ihr wohl ?" Verständnislos schüttelten die Zwei den Kopf . " Ich habe nichts gehört ! Nicht den geringstens Grunzer ! Damit ist unwiederruflich der Beweis erbracht .... . Ich schnarche NICHT ! Ha !" , triumphierend brachte Max seine Argumentation hervor . Für einen Moment machten die Freunde ein ziemlich dummes Gesicht , dann aber lachten sie laut auf . Sofort fiel auch Max ins Lachen seiner Begleiter ein , der Tag konnte beginnen ! Sie hatten vor , sich in der Umgebung des sultanschen Palastes aufzuhalten um nach einem Schlupfloch Ausschau zu halten durch das sie in das Anwesen würden eindringen können . Wäre das erst mal geschehen , könnten sie sicher den Aufenthaltsort der Erfindung erkunden . So in etwa lautete der erste Schlachtplan der Deutschen . Vorher jedoch wollten sie ein weiteres Mal versuchen das von Wolfgang bestellte Buch in dem kleinen Buchladen abzuholen . Durch ein ausgiebiges Frühstück gestärkt machten sich die Drei endlich auf den Weg . Im Inneren des Palastes ging Kali nach erfolgter Fütterung Andromedars unterdessen auch wieder zu dem Raum , in dem die Wettermaschine gegen unbefugten Zugriff eingeschlossen war , um diese heraus zu nehmen und auf der Werkbank , die eigentlich mal für Autoreparaturen am Fuhrpark des Herrschers , durch eigene Mechaniker errichtet worden war , zu stellen . Bald nämlich würden die Forscher erscheinen um ihre Arbeit an der Maschine fort zu setzen . Der Sultan war unterdessen schon wieder seit dem Aufstehen am frühen Morgen unter Stress ! Erst war Suleika bei ihm gewesen um ihre Wünsche hinsichtlich des Wetters zu artikulieren . Kaum hatte er sie zur Türe hinaus geschmeichelt drängelte sich Yasemine , seine erste Frau , zur Türe hinein um zu versuchen ihm die Vorzüge eines gemässigten Windwetters mit gelegentlichem Sprühregen schmackhaft zu machen . Endlich auch diese abgewimmelt , und auf der Flucht hin zu seinem Audienzsaal wurde er von Muhammar erschreckt , der urplötzlich aus einer Gebäudenische heraus in den Lauf seines Vaters sprang . Muhammar war der zweitältste Sohn des Scheichs und war gerade 13 Jahre alt geworden . " Papa , endlich erwische ich Dich mal ! Du , ich habe mir gedacht mit der Maschine die das Wetter bestimmen kann könnten wir doch sicher ne Menge Fetz haben , ... denk doch nur ..... , an der einen Stelle Schnee ... , zwei Schritte weiter tosende Regenfälle ... !" , der Sultan fasste seinen Sohn unwirsch an der Schulter und schob ihn grob zur Seite ! Kaum begonnen , hatte ihm der Tag schon wieder mehr Stress und Generve beschert als er es sich hatte vorstellen mögen . Was war doch bis vor einigen Tagen für eine himmlische Ruhe gewesen im Palast ? Und nun dies ! Mit den angedeuteten Bemerkungen des Fuhrparkleiters Kali vor einigen Tagen hatte die Unruhe begonnen , nun , mit Ankunft ins ge Heim`s hatte sie den vorläufigen Höhepunkt erreicht . Der Scheich war stinkesauer ! Mit dunklen Gewitterwolken auf der Stirn setzte der Monarch seinen Weg fort . Im Saal angekommen hallte die Stimme des Sultans wie unheilverkündendes Grollen durch die Räume . " Kabullah ! Wo ist dieser Nichtsnutz ? Kaaaaabuuuuullllllaaaaahhhh!!!!!!" Alle Bewohner und Angestellten des Palastes zuckten unter der drohenden Stimme zusammen , um dann zu ängstlich geduckten Statuen zu erstarren . Mit einem wütenden Scheich wollte niemand zusammenprallen , viel zu ungesund konnte das Ergebnis ausfallen ! Wolfgang kam zu diesem Zeitpunkt gerade froh gelaunt zur Türe des Buchladens hinaus . Triumphierend hielt er das Übersetzungslexikon das er vor zwei Tagen bestellt hatte in die Höhe ! Endlich würde er diesem nervtötenden Pi , Pa , Po auf die Schliche kommen , besser gesagt dessen Bedeutung enträtseln können . Während sie ihren Weg zum

Marktplatz vorm Sultanspalast fortsetzten , blätterte er voller Jagdlust die Seiten des Übersetzers durch . Allerdings wurde sein Gesichtsausdruck dabei mit voranschreitender Zeit zusehends unmutiger . Alles mögliche war dort zu finden , von Pi pa po jedoch keine Spur . Welch Schreibweise Wolfgang auch immer zugrunde legte , der gesuchte Ausspruch war und blieb unauffindbar ! So in seine Suche vertieft bemerkte Wolfgang gar nicht , daß sie längst auf dem Marktplatz vorm Sultanspalast angekommen waren . Ein gedämpft klingender zwar , dennoch aber recht gut hörbarer lauter Schrei rief ihn jedoch unvermittelt ins Geschehen zurück , und damit heraus aus seinem Buch ! " Kaaaaabbbbbuuuullllllaaaahhhhh !" , hallte es unüberhörbar über den Platz des täglichen Bazares hinweg . "Wer um alles in der Welt konnte so brüllen ? " , fragten sich unsere Freunde , die Sultaniner allerdings kannten die Stimme ihres Herrschers gut . "Welcher arme Tropf würde wohl heute des Scheichs schlechte Laune ausleiden müssen ?" , war die Frage die ihnen bei dem tosenden Gebrüll im Kopf herum geisterte . Mit unschlüssig fragendem Blick sahen sich die drei Deutschen in ihrer Umgebung um . Dabei stellten sie fest das die Gesichter der Einheimischen durchgehend einen schadenfreudigen , mitleidigen

Gesichtsausdruck wiederspiegelten . Im Inneren des Palastes stürmte indessen Kabulla im Em Pfang eiligst in den herrschaftlichen Audienzsaal . Nichts zu sehen von gesundheitsfördernder Gelassenheit , ganz im Gegenteil ! Es war vielmehr eine herzkranzgefährdende Hektik die ihn trieb . So erging es allerdings Allen die von seiner Exzellenz auf diese Art herbei gerufen wurden ! Neugierig horchten sich unsere deutschen Freunde unter den einheimischen Marktbesuchern um , was diese Aufregung zu bedeuten habe . Beinahe sofort erfuhren sie , daß der Scheich mit übler Laune nach einem seiner Angestellten brüllte , um an ihm seine Wut verrauchen zu lassen . In diesem Falle war Kabulla im Em Pfang , der sultansche Majordomus und Empfangschef der unglückliche Wurm auf den Scheich ben gott Lich`s Wahl gefallen war . Beim Geben dieser Auskunft blitzte schadenfreudiger Schalk in den Augen der Auskunftsgeber auf ! Unübersehbar war es nicht nur Mitleid , was sie für im Em Pfang entfanden !

10. ...... ist oft , schon gewonnen !

Max und seine Freunde entschlossen sich erneut mit Leila zu sprechen ! Sie hatte nämlich erwähnt das ein entfernter Vetter von ihr im Palast als Fuhrparkleiter arbeitete . Wäre doch gelacht wenn sie nicht heraus bekäme was das Geschrei auf sich hatte . Nachdem sie sich noch eine Weile auf dem Bazar herum gedrückt hatten schlugen die Drei den Weg zum Flughafen ein und schlenderten langsam davon . Keiner vermochte zu sagen warum , Fakt war aber , daß sich ihrer unvermittelt ein Gefühl von Hoffnung bemächtigte .

" Kabulla , was macht die Arbeit an dieser gottverfluchten Wettermaschine ? Ich weiß gar nicht warum ich dieses Wort noch aussprechen mag , langsam werde ich allergisch gegen dieses Gerät !" , der Scheich polterte in ungebändigter Wut vor sich hin . Den armen Majordomus dabei aufs Übelste beschimpfend . " Mit Erlaubnis Eurer Majestät werde ich mich schleunigst nach den Fortschritten mit der Arbeit an der Maschine erkundigen ! " , wieselte Kabulla um seinen Herrn herum . " Tu das ! Du unwürdiger Speichellecker ! Aber mach schnell , meine Geduld ist nämlich mit ihrem Soll bereits im Minus !" , die Laune des

Sultans war noch immer auf dem Tiefstpunkt . Schnellstens wieselte Kabulla aus dem Audienzsaal hinaus . Mit fliegendem Schritt enterte er die Treppe zum Parkdeck des Palastes , wobei sich der Stoff seiner Toga in der spitzen Kappe seiner Pantolinen verfing . Nicht viel hatte gefehlt und Kabulla wäre die volle Länge der Wendeltreppe herab geflogen . Auf eine etwas schmerzhafte Weise allerdings . Im letzten Moment konnte er sich noch abfangen , wodurch er lediglich 5 Stufen abwärts purzelte . Seinem kleinen Finger allerdings half das auch nicht weiter. Der verfing sich nämlich beim Zugreifen der Hand im Handstrick des Aufgangs und wurde dabei schmerzhaft überdehnt . Dem armen Hofmeister schossen bittere Tränen des Schmerzes in die angstgeweiteten Augen . Es schien nicht sein Tag zu werden ! Gekrümmt wie ein geprügelter Hund , durch den Beinaheabsturz allerdings nun in seiner Kopflosigkeit gebremst schlich er den Rest der Treppe weiter hinab . Im Parkdeck angekommen hörte er als erstes ein asthmatisches Keuchen , gefolgt von ersticktem Husten . Neugierig um die Ecke starrend , die ihm den direkten Blick auf das Parkparkett verwehrte , sah er vorerst einmal nichts ! Besser gesagt er sah lediglich eine dichte Wolke weißen Nebels , die in lustig tobenden Schwaden über die gesamte Fläche des Parkdecks dahin wabberte . Seine Anspannung stieg , was um aller Engel Willen war das ? Vorsichtig Fuß vor Fuß voreinander setzend tappte er vorwärts . Im Moment als er in den Nebel mit seinem Körper eintauchte verspürte er einen eisigen Hauch auf der Haut , der ihn zusammenfahren ließ ! Es schien ihm als beträte er die Räumlichkeiten eines Kühlhauses . " Sie läuft noch immer nicht richtig !" , wie von Geisterspuk ausgesprochen drangen die Worte an Kabulla`s Ohr . " Nein , aber eine Reaktion haben wir ihr zumindest einmal entlockt !" , antwortete eine andere Stimme der Ersten . " Schon , nur , ... aber was ist das denn nun eigentlich für eine Reaktion ? Und wie haben wir ihr diese entlockt ? Mir erschließt sich das Ganze nicht ganz !" " Mir auch nicht !" , das war wieder die erste Stimme ! " Aber letztendlich , ... nobody is perfect !" " Stimmt , nur wer heißt schon Nobody !" flüsterte die Zweite mit sarkastischem Ton zurück . Bange Ahnungen kamen dem armen Kabulla . Wenn er mit negativen Meldungen vor seinem Herrn erscheinen würde , wären dessen Schikanen noch ungemütlicher , so viel war sicher ! Vorsichtig tastete er sich in dem kalten Dunst weiter . Behilflich war ihm dabei , daß der Nebel bereits in vollem Gange war sich zu verflüchtigen . Auf allen Gegenständen die in seinem Einflussbereich standen hinterließ er dabei eine dünne Schicht Rauhreif . Alles sah aus wie mit hauchdünnem Puderzucker bestreut , richtig romantisch ! Zwischen den zwei Stimmen , die zu den beiden sultanschen Wissenschaftlern gehörten die damit beauftragt waren das Gerät zum Funktionieren zu animieren , entspann sich nun eine fachliche Diskussion , der Kabulla nicht mehr folgen konnte . Eines allerdings zeichnete sich immer klarer ab . Die Schwierigkeiten im Umgang mit der Wettermaschine waren riesiger als alle Beteiligten es vorher vermutet hatten . Wenn nicht gar unüberbrückbar ! Auch Kali trat nun zu der kleinen Gruppe , um dem Gespräch der zwei Forscher besser folgen zu können . Plötzlich war ein Niesen zu hören , das laut wie Donner durch die hallenden Hallen des Parkdecks donnerte . Vier Augenpaare gleichzeitig sahen sich zu der Stelle um von der das Geräusch gekommen sein musste und von der nun rasselndes Husten zu vernehmen war . Dichter weißer Nebel hatte sich dort versammelt wo sich die Blicke der vier Männer trafen . Kalter Nebel , der sich wie ein nasskalter Schleier um alles sich dort befindliche gelegt hatte, entzog den Verursacher der Laute ihren Blicken . Aber sie wussten auch ohne zu sehen wer dort in den Nebelschwaden stehen musste . Der Dunst hatte nämlich ausgerechnet den Gatter

Andromedars mit kaltem Hauch belegt . Zwar konnten Kamele Temperaturschwankungen gut wegstecken , auch in der Wüste mussten sie damit schließlich täglich zurecht kommen . Nasskalten Wolken jedoch waren sie anscheinend nicht gewappnet , wie ein zweiter krachender Nieser des heiligen weißen Kamels unmissverständlich bewies ! Aus den Gesichtern der vier Sultaniner schwand jede Spur einer Gesichtsfarbe ! Alle wussten nur zu gut wie der Scheich zu seinem Liebling Andromedar stand . Wehe dem das Tier wäre krank ! Krank durch ihre Tätigkeit an der Unglücksmaschine ! Im Geiste ließen sie bereits Listen von möglichen Asylorten erstellen , und dann wieder verwerfen . Egal wohin sie gingen ! Egal wie arm Sultanina war ! Wenn Abdullah ben gott Lich richtig böse werden würde , und das würde er unvermeidlich wenn Andromedar etwas zustoßen würde , gäbe es keinen auch noch so versteckten Ort , an dem sie seiner Rache entgehen könnten . Mit wirren Blicken sahen sie zu Kabulla hinüber . Niemand wollte in seiner Haut stecken wenn er dem Sultan von seinem erkrankten Kamel berichten musste . Aber andererseits hatte gerade er nun die Macht sie ins Verderben zu stürzen oder sie vor Unbill zu bewahren . Denn je nachdem wie sein Bericht an den Herrscher ausfallen würde konnte er sie in gutem Lichte erscheinen lassen , oder sie zu hinterhältigen Attentätern abstempeln . Übelkeiterregende Angst verkrampfte die Gedärme der armen Leute . Eiligst überlegten sie wann sie Kabulla wohl verärgert haben könnten , oder wann sie ihm Gutes hatten widerfahren lassen . Verzweifelt versuchte jeder für sich abzuchecken ob ihm der Majordomus wohl gut gesonnen war , oder mit verschleppten Rachegelüsten gegen ihn durchs Leben schritt ! Zu einem endgültigen Schluss kam allerdings keiner der Dreie ! Prinzip Hoffnung nahm ihren Platz ein .

*

Inzwischen waren Max und Freunde beim Flughafen angelangt . Welch Schock jedoch als sie am Schalter von Leila eine fremde Frau erblickten . Es dauerte eine Weile bis die Freunde heraus fanden , daß diese Frau ein vorzügliches Englisch sprach . Zu erfahren das Leila ihren freien Tag hatte , sowie ihre Adresse zu erhalten war dann ein Kinderspiel . Noch immer bester Laune trotteten die Deutschen wieder in Richtung Sultanina Stadt davon . Getrübt wurde der Abschied einzig durch das leise gemurmelte Pi pa po eines Gepäckträgers , das Wolfgangs Blutdruck augenblicklich ansteigen ließ . Unverdrossen setzten sie jedoch ihren Weg fort . Bei Leila angekommen wollte Wolfgang sie gleich fragen was Pi pa po zu bedeuten habe . Vorgenommen hatte er sich das nicht zum ersten Mal , allerdings hatte er es bisher im entscheidenden Augenblick immer vergessen und musste deshalb weiterhin im eigenen Saft aus Neugier braten . Heute aber würde er sie ganz gewiss fragen ! So sein festes Vorhaben . Langsam und beständig näherten sie sich der Stadt . In Max kam eine stille Freude auf das Wiedersehen mit Leila auf . Er würde es sich wahrscheinlich selbst nicht eingestehen wollen , aber es war nun mal Tatsache , daß er die hübsche Sultaninin überaus gerne mochte . Welch Gefahr für einen eingefleischten Junggesellen wie Max , der seit seiner Scheidung mit Frauen an und für sich nichts mehr zu tun haben wollte . Unbewusst hatte er begonnen ein fröhliches Lied vor sich hin zu pfeifen . Bald erreichten sie die Einmündung zu der Gasse in der Leila wohnen sollte . Es war eine enge kleine Straße mit kleinen grauen Häusern , in denen ein bis zwei Familien wohnen konnten . Als Dach hatten sie eine flache Terrasse auf der die Leute ihre Alltagstätigkeiten zu verrichten schienen . Zum Schutz gegen die sengende Sonne waren Planen aus Segeltuch gespannt , die der Plattform den dringend benötigten Schatten spendeten . Hausnummern allerdings gab es hier nicht , was bedeutete , daß sich die Freunde würden durchfragen müssen , wollten sie das Haus finden in dem Leila wohnte ! Nach kurzem , unentschlossenem Zögern ging Wolfgang auf die Türe des ersten Gebäudes zu und betätigte die Rassel aus getrockneten Kürbisschalen , die neben dem Eingang aufgehangen war . Es tat sich jedoch nichts ! Ein erneutes Rütteln an dem Lärmwerkzeug brachte leider auch nicht mehr Erfolg , also gingen die Drei ein Stück weiter . Beim nächsten Haus hing ein ganz ähnliches Signalkürbisgeflecht neben dem Eingang . Wieder schüttelte Wolfgang es kräftig durch , woraufhin das charakteristische , sandige Rasseln hörbar wurde . Aus dem Inneren des Hauses war daraufhin das Murmeln eines alten Menschen zu hören , gefolgt von schlurfenden Schritten . Nach Leila klang das nicht ! Aber vielleicht konnten sie hier wenigstens erfahren wo sie ihre Bekannte finden konnten . Endlich tauchte ein dürres , krummes Mütterchen unter dem Türrahmen auf und betrachtete die Fremden verwirrt und misstrauisch . " Wir suchen Fräulein Leila ! Leila In pracht ! Sie arbeitet draußen auf dem Flughafen am Schalter !" , Max hatte eigentlich wenig Hoffnung das die Frau ihn verstand . " Leila ! Du kenne Leila ? Wunderscheene Fraulein Leila !?" , Wolfgang versuchte es auf die verbalalberne Tour . " Leila liegt oben auf dem Dach im Liegestuhl ! Aber sie sollten ihren Freund mal zum Logopäden schicken , bevor das mit seiner

Aussprache zu schlimm wird und ihn niemand mehr versteht !", ein schelmisches Grinsen blitzte in den Augen der Alten auf als sie Max diese Worte entgegen warf . Verzweifelt versuchten der Prof und Alex ihr Lachen zurück zu halten , wodurch ein seltsam ersticktes Gurgeln hörbar wurde . Wolfgang kämpfte derweil mit einem puterrot anlaufendem Gesicht und schaute verlegen ziellos in der Gegend herum . Erst als ein glockenhelles Lachen von oben herab klang entspannte er wieder etwas . " Tjaja , so was kommt von sowas ! Großmutter war früher Fremdsprachenkorrespondentin , Fachbereich Deutsch . Nur zutrauen mag man es ihr nicht , was immer wieder für Erheiterung sorgt !" , Leilas freies Lachen löste nun auch bei den Freunden den Krampf , lauthals kicherten sie los . Diesem massiven Lachgewitter konnte sich auch Wolfgang nicht verschließen . Gemeinsam mit Leilas Großmutter fiel auch er ins allgemeine Gelächter ein . Tja , Humor ist halt wenn man trotzdem lacht . Später saß man zu viert am Tisch , aß , trank und unterhielt sich . Leilas Einschätzungen zur Lage im Sultanspalast erwiesen sich dabei als äußerst interessant für die drei Freunde . Zusätzlich versprach die Schöne Kontakt zu ihrem Vetter Kali aufzunehmen und diesen über die Vorgänge im Palast auszuhorchen . Bei Kali und seinen Leidensgenossen herrschte unterdessen noch immer Ratlosigkeit . " Irgendjemand muss Jussuf , Bescheid geben !" , flüsterte Kabulla heiser . " Stimmt ! Für ihn könnte es auch heiß werden ! Er hat schließlich das Gerät hierher gebracht !" , eine Mischung aus Erleichterung und Mitgefühl schwang in der Stimme des Wissenschaftlers mit . Vielleicht waren die Konsequenzen für ihn und seine Mitstreiter weniger heftig wenn sich ben gott Lichs Wut auf den Beschaffer des ominösen Geräts richtete . " Hüatschiüü !" , ein erneuter Nieser Andromedars ließ die Gruppe erschreckt zusammen zucken . Es war Eile geboten ! Jemand musste Jussuf benachrichtigen und herkommen lassen ! Vielleicht wusste er einen Ausweg aus ihrer bedränglichen Situation . Als Bote wurde Kali auserkoren . Mit schnellen Schritten , ganz entgegen den scheichschen Gesundheitsvorgaben , hastete Kali zum Geheimdienstbüro Sultanina davon . Hektisch öffnete er die dortige Bürotür und stolperte eilig in die Top Secret Bürozone . Entsetzt prallte er vor dem sich bietenden Anblick zurück ! Grund war Fatima ! In blauen Pluderhosen , durch die ihre Landkartenmässig durchaderten Beine hindurch leuchteten , über deren Hosenbund schwabbernde Rettungsringe faltig hervor quollen , saß sie in ihrem Stuhl und starrte dem Besucher mürrisch entgegen . Ihr großzügig in den knappen BH drängender Busen schien die Halter jeden Augenblick zu sprengen , was dem Gast automatisch eine Heidenangst vor blauen Augen durch hinfort geschleuderte Verschlußknöpfe einimpfte ! Zudem waren überall die faltigen , greifbaren Fettpakete zu beäugen ! Es schauderte Kali gewaltig ! " Ist Jussuf in seinem Büro ? Ich muss ihn dringend in einer wichtigen Angelegenheit sprechen !" presste Kali angewidert zwischen blutleeren Lippen hervor . In verzweifelter Anstrengung versuchte er seinen Blick von Fatimas Anblick fern zu halten und stattdessen rechts oder links an ihr vorbei zu linsen. Das war allerdings nicht einfach , denn wie alles Grauen in der Welt schien sie die Blicke der Menschen geradezu magnetisch anzuziehen . " Ich hoffe nur sie verursacht keine bleibenden Schäden am empfindlichen Geflecht des Sehapparates !" , dachte Kali boshaft . Endlich war ein gebrummtes " Herein !" aus bin insge Heims Büro zu hören , so konnte Kali endlich vor dem Anblick der bedrohlichen Sekretärin entfliehen . " Puuh ! Die sieht ja immer schlimmer aus ! Bald brauchst du einen Waffenschein um sie in diesem Aufzug weiter beschäftigen zu dürfen !" , Kali schnaufte erleichtert auf als sich

die Tür nebst der Bedrohung hinter ihm geschlossen hatte . Zur Antwort bekam er lediglich ein unverständliches Gebrumm Jussufs zu hören .
" Na gut , lassen wir das Thema für jetzt !" , sagte Kali , " Es gibt ernste Probleme Jussuf ! Und die könnten bald Deine ureigensten Probleme sein, wenn's dumm läuft . Ich möchte Dich deshalb warnen ! Und um Hilfe bitten ! Andromedar ist krank ! Krank durch die Maschine die Du in Deutschland ge...... ähem , tja , besorgt hast !" Jussuf horchte sichtbar auf , als er von Andromedars Erkrankung hörte . Jeder wusste darum wie der Scheich von Sultanina zu seinem Liebling , dem heiligen weißen Kamel Andromedar stand . Wer diesem Tier schadete , von dem einige behaupteten der Scheich hätte es lieber als seine menschlichen Familienangehörigen, der war in ernstzunehmender Gefahr . Da war sich Jussuf mehr als sicher ! Und wenn es stimmen sollte das er , wenn auch nur indirekt durch Beschaffung der Krankheitsursache , für Andromedars Leid mitverantwortlich war , dann war er in der Zwickmühle . Nach kurzer Besinnung stand Jussuf auf , winkte Kali ihm zu folgen , dann verließ er sein Büro . " Oh Chef ! Sie gehen schon ? Darf ich fragen wohin ?" , süß säuselte Fatima ihren Chef an . " Sie dürfen nicht !" . Jussuf klang barsch .

" Aber Chef .... !" , in Fatimas Tonfall klang eine unterschwellige Drohung mit . Seit ewigen Zeiten , seitdem nämlich , als ihr Verlobter sie verlassen hatte , hatte niemand mehr gewagt sie derart grob anzuraunzen . Deshalb war der erste Impuls den sie verspürte ihrem Boss grob übers Maul zu fahren , wie man derartiges Verhalten in Sultanina zu nennen pflegte , der zweite Impuls jedoch brachte sie augenblicklich zum Erstummen ! Irgendetwas im Verhalten ihres Chefs warnte sie davor barsch auf seine Worte zu reagieren . Gerade weil er nie laut oder unfreundlich ihr gegenüber gewesen war , war sein jetziges Gehabe ein Warnsignal für Fatima . Und da polterte Jussuf auch schon los . " Nichts aber , Fatima ! Sie scheinen zu vergessen wer hier der Boss ist ! Reißen Sie sich gefälligst zusammen wenn Sie weiter für mich tätig sein wollen !" , Jussuf's Stimme grollte wie Donner ! " Und wenn wir schon mal dabei sind klare Worte zu finden Fatima ! ..... Ich erwarte , daß Sie ab morgen vernünftig gekleidet im Büro erscheinen ! Nicht wie ein prostituiertes Walfräulein ! In ihren durchsichtigen Fummeln wirken Sie bei Ihrer Statur wie ein gestrandetes Walross ! Das grenzt ja schon beinahe an Körperverletzung !" Nach diesen Worten drehte sich Jussuf um und verließ sein Vorzimmer . Zurück ließ er eine Fatima der vor

Erstaunen der Unterkiefer auf den üppig quellenden Busen gefallen war . So direkt und verletzend hatte in ihrem Leben noch niemand zu ihr gesprochen . Zwischen Heulen und Toben schwankte Fatimas Stimmung hin und her . Und in diese Situation hinein schellte auch noch das Telefon und es meldete sich ein Inkassounternehmen das für eine bestimmte Fluggesellschaft das Geld für ein bestimmtes Ticket eintreiben sollte . Unter normalen Umständen hätte Fatima den Anrufer herb abgekanzelt , heute jedoch blieb es bei halbherzigen Abwehrversuchen und Ausreden . Wenig Hoffnung also den lästigen Anrufer für immer vergrault zu haben ! Nachdem der Hörer wieder auf seiner Gabel lag stand Fatima wie paralysiert auf , nahm ihre Stola und verlies ihren Arbeitsplatz . Nochmals wollte sie sich von ihrem Chef nicht so beleidigen lassen ! Über ihr Gesicht rannen dicke Tränen !

Jussuf war unterdessen in den Gewölben des Palastes angekommen . Ratlos stand er vor dem Gatter des asthmatisch pfeifenden , heiligen , weißen Kamels seines Sultans . Derweil wunderte sich der unbeherrschte Herrscher warum sein Majordomus nicht zurück kam . Verdächtig ! Äußerst verdächtig , wo doch eigentlich alle Untergebenen möglichst eilig die Wünsche ben gott Lichs zu erfüllen versuchten . Der Scheich wusste nicht recht , sollte er nun sauer über die Trödelei seines Angestellten sein , oder einfach nur erstaunt ? Na ja , schließlich hatte er selbst die Parole ausgegeben " immer schön laaangsam " ! Also würde er , als Vorbild , sich wohl in Geduld üben müssen , ob er nun wollte oder nicht . Und das tat er dann auch . Unter unmenschlichen Anstrengungen zügelte er seine Ungeduld ! Da trat leise jemand von hinten an ihn heran . Es war Suleika . " Erhabener Scheich , hast Du über meinen Vorschlag nachgedacht ?" Erschreckt fuhr der gerade noch grübelnde Sultan herum und starrte seine Suleika an ! Es schien als erkenne er gar nicht wer dort vor ihm stand . In Wahrheit jedoch versuchte er seine unbändige Wut zu kanalisieren . Er reagierte langsam allergisch auf Nennung dieser vertrackten Apparatur . Es musste der Teufel gewesen sein der ihm diese Erfindung in sein Land gebracht hatte ! Einzig zu dem Nutzen dem Herrscher über Sultanina das Nervenkostüm zu zerstören . Laut schreiend rannte ben gott Lich davon ! Die Tür zum Audienzsaal fiel krachend hinter ihm ins Schloss als er im Gang zu seinen Privaträumen verschwand . Zurück blieb eine erstaunte Suleika ! Was nur war mit ihrem Gemahl in den letzten Tagen geschehen ? Er wirkte so nervös , ja beinahe unausgeglichen ! Ob er krank werden würde ? Suleika verstand nicht ! Just zu dieser Zeit setzte sich Leila In pracht in Richtung des Palastes in Bewegung . Sie wollte ihren Cousin Kali besuchen und ihn über die Vorgänge im Palast aushorchen . Ihr Vetter stand noch immer mit den Anderen am Gatter Andromedars und kratzte sich am Kopf . Er hatte dem weißen Kamel inzwischen einen Eimer mit bestem Pfefferminztee bereitet und zu trinken gegeben . Nun erwarteten alle gespannt die Reaktion Andromedars darauf . Dieser allerdings hatte sich nach Genuss des Tees zum Schlafen nieder gelegt und schnarchte gerade einen kanadischen Staatsforst mittlerer Größe nieder . Kabulla wurde von den Wissenschaftlern bedrängt nun endlich zum Scheich zurück zu gehen und ihm vorsichtig von der Sache Bericht zu erstatten . Allein , er traute sich nicht recht ! Aber letztlich half ja alles nichts . Irgendjemand musste zum Scheich . Und Kabulla war nun mal dessen Empfangschef und Leibdiener . Er würde also in den sauren Apfel beißen müssen und Bericht erstatten ! Ungern zwar , aber er machte sich schließlich auf , zu seinem persönlichen Gang nach Canossa . Leila , in den Gewölben in denen ihr Vetter tätig war angekommen , gesellte sich zu der Gruppe Männer die am Gatter des sultanschen Lieblinges standen und sah gerade noch den

Majordomus des Herrschers im Treppenhaus verschwinden . Ein Gruß an Kali und die Anderen, der nur kurz erwidert wurde , das war alles was gesprochen wurde . Es herrschte ein eisiges Schweigen in dem weitläufigen Gemäuer , nur unterbrochen durch das schaurige Schnarchen , ausgestoßen von des Sultans heiligem Kamel ! Sofort spürte Leila das hier bald etwas Entscheidendes geschehen würde . Weibliche Intuition eben ! Die Sekunden dehnten sich zu Minuten ! Minuten verlängerten sich zu Stunden ! Dann jedoch war es so weit . " Andromedar ! Liebster ! Heiligster ! Gott ! Was ist mit meinem Schatz ?" , des Sultans Stimme war von Tränen beinahe erstickt . Sein Gesicht nass wie frisch aus einem Wassereimer gezogen . Nicht unschwer war ihm anzumerken wie verzweifelt er war . Wie von Furien gehetzt kam er aus der Treppenhaustüre geschossen . Verzweifelt krallte er sich an den hölzernen Holmen , die den Gatter des Tieres bildeten , fest und starrte mit rotgeäderten Augen auf den schlummernden Andromedar hinunter . Die Umstehenden waren ob dieses , in der Heftigkeit gänzlich unerwarteten Gefühlsausbruches total geschockt . Eine dumpfe Beklommenheit werkelte in ihren Gedärmen ! Bei diesem Emotionsausbruch , was würde ihnen da wohl drohen wenn Andromedar tatsächlich etwas

Ernstes zustoßen sollte !? Leila , die die Vorgeschichte zu diesem Ausbruch nicht kannte , war noch mehr erschüttert als die anderen Umstehenden . Gebannt verfolgte sie mit wachem Blick das Geschehen . Minutenlang weinte und greinte der Scheich , allen möglichen bekannten und unbekannten Göttern Dankgebete entgegen werfend . Endlich drehte er sich zu seinen Angestellten herum , mit düsteren Blicken maß er nacheinander Kali und die Wissenschaftler . " Sorgt mir dafür , daß mein geliebter Andromedar wieder gesund wird , oder es wird Euch schlecht ergehen ! Und schafft diese verfluchte Wettermaschine beiseite ! Sie bringt uns nur Übles , ich mag nichts mehr von ihr hören und sehen !" Leila spitzte ihre Ohren ! Aha , da also wäre der Ansatzpunkt für ihre Freunde aus Deutschland um ihren Apparat zurück zu bekommen . Die Schöne war sehr mit sich zufrieden und trat leis den Rückzug an . Dringend musste sie nach Samu Rai , zum Hotel ihrer neuen Bekannten ! Max , Wolfgang und Alex saßen zu dieser Zeit in der schäbigen Empfangshalle des Hotels und tranken einen bittersüßen orientalischen Kaffee . Bereits durch die Scheiben der Hotelhalle hindurch sahen sie Leila in schnellem Schritte aufs Hotel zueilen . Ein fiebriger Erwartungsdrang packte sie augenblicklich . So wie die orientalische Schönheit sich auf sie zu bewegte konnte sie sich eigentlich nur mit guten Nachrichten schwanger tragen ! Unsere Freunde waren paralysiert ! Ohne ihren Blick nach links oder rechts zu wenden hetzte Leila ins Hotel , so konnte sie die Deutschen auch nicht in ihrer Ecke sitzen sehen . Erst als Max sie eindringlich beim Namen rief wurde sie auf die Gruppe aufmerksam . Mit vor freudiger Erregung leuchtendem Gesicht kam sie auf die Gruppe ihrer Freunde zugeeilt und setzte sich zu ihnen an den niedrigen Tisch nieder . Eine erwartungsfrohe Aufregung griff sofort auf die drei Deutschen über, und gebannt lauschten sie Leilas Bericht .Nachdem sie geendet hatte sprang Max voller Tatendrang auf ! " Lasst uns sofort zum Sultan eilen ! Nun bekommen wir unsere Maschine   sicher   mit Freuden   wieder ausgehändigt !" " Seid nicht gar zu euphorisch ! Vordergründig belastet ben gott Lich das Wohlergehen Andromedars ! Wenn Ihr da ansetzen könntet hättet Ihr allerdings gute Chancen auf die Herausgabe der Maschine !" , dämpfte Leila die Freude des Trios . Man grübelte hin und her . Schließlich rief Alex aus , : " Hey , ich habe doch die Aspirin dabei ! Paps wird doch oft Reisekrank , und da dachte ich wegen der damit verbunden Kopfschmerzen .... !" " Ja , und ich habe ganze zwei Röllchen Vitamin C

Brausetabletten mit , schließlich weiß man nie was man so an Nahrung vorgesetzt bekommt auf Reisen ! Und zur Ergänzung .... !" " Wow , und ich ! Ich habe mehrere Packungen Pfefferminz- und Kamillentee dabei !" Wild sprudelten die Worte durcheinander ! " Halt ! Stop mal jetzt !" , es war Wolfgang der das Stimmengewirr durch sein energisches Eingreifen zum Erstummen brachte . " Wir müssten mit unseren Mitteln recht erfolgreich gegen die Erkrankung des Kameles vorgehen können , wenn es nur eine Erkältung sein sollte . Und danach klingt es ja beinahe . Ich hatte während meines Studiums eine Freundin die Veterinärmedizin studiert hat , und der habe ich sehr viel geholfen vor wichtigen Klausuren und so . Halt abgehört usw. , und dabei eben auch einiges gelernt ! Das einzige was ich brauch ist der Wert der normalen Körpertemperatur bei Kamelen und ein Thermometer um bei Andromedar zu messen !" " Das besorge ich !" , Leila war in ihrem Tatendrang einfach zu süß , befand Max im Stillen . Nicht zum ersten Male legte sich ihm im Zusammenhang mit Leila eine wohltuende Klammer aus Gunst und Freude um sein pochendes Herz . Mit berechtigtem Selbstvertrauen nahmen die Freunde ihre Aufgaben an , so dauerte es auch nicht lange und sie standen abmarschbereit vor dem Hotel zusammen . Als dann auch noch Leila mit Instrument und Körpertemperaturangabe erschien starteten sie zum Palast ben gott Lichs durch . Fröhlich vor sich hin pfeifend erreichten sie diesen bald und begehrten beim Posten Einlass . Dem war anzumerken das er nicht recht wusste ob er seinen Herrn stören durfte oder ihn besser in seiner kummervollen Wut alleine lassen ! Die Unsicherheit des Wächters ausnutzend traten die Deutschen selbstbewusst autoritär auf . Nun vollends eingeschüchtert schellte er endlich nach seinem Chef im emp Fang ! Kabulla war über diese Störung überhaupt nicht begeistert ! Vor dem Zorn und Kummer seines Scheichs hatte er sich gerade in ein stilles Kämmerlein verdrückt , um sich an europäischem Trostwässerchen zu ergötzen. Zwar verbot der Islam den Genuss von Alkohol , aber wenn es doch zu medizinischen Zwecken eingenommen wurde ? Mürrisch , vom ungewohnten Weingeist jedoch auch ein wenig beseelt machte sich Kabulla auf den Weg zum Tor . Bei jedem dritten Schritt begann sein Körper sich in die Länge zu strecken , gerade so als würde er aufgeblasen . Weiter und höher streckte sich Kabullas Leib dem Himmel entgegen , bis sich der aufgestaute Druck schließlich in einem tiefen Rülpser , gefolgt von einem herzhaften " Hicks !" entlud . Nach der Entladung war für zirka drei

Schritte Ruhe , dann fing sein Körper erneut an dem Zenit entgegen zu streben . Kurzum , Kabulla war beschwipst ! Deshalb kam er auch noch langsamer voran , als es bei der verordneten Lahmheit ohnehin schon der Fall gewesen wäre . Voller Ungeduld scharrten die Freunde mit den Hufen ! Wo blieb nur der Majordomus ? Sie wollten endlich zum Sultan ! Wollten das Kamel heilen , ihre Erfindung nehmen , das Gepäck aus dem Hotel holen , und dann nichts wie weg von hier ! Fort aus diesem geheimnisvollen Land , mit seinen Pi pa po grinsenden Menschen ! Sich in Sicherheit bringen vor den launischen Entscheidungen des Monarchen ! Flüchten vor den verführerischen Verlockungen der sinnverwirrenden Leila ! Diesen Gedanken hatte allerdings nur einer unserer drei Freunde , und auch dem war es nicht ganz ernst damit ! Schnellstmöglich nach Hause wollten allerdings schon alle drei . Und endlich konnten sie von Ferne den Empfangschef heran kommen sehen . Heran kommen ? Heran wanken wäre der passendere Ausdruck gewesen . Voller Erstaunen sahen unsere Freunde wie in einem abstinent lebendem Staat ein angetrunkener Wachoffizier über einen staubigen Hof torkelte . " Gott ist mächtig ! So mächtig , daß er seine Diener in den Genuss eines Rausches kommen lässt , ohne daß sie von verbotenen Substanzen naschen !" , Wolfgang grinste bei seinen Worten anzüglich . Zum Glück verstand der Posten nur sehr schlecht Deutsch , vielleicht hätte er sonst seinen Glauben beleidigt gesehen und Stress gemacht . Endlich hatte Kabulla die Gruppe erreicht . " Wasssnlosmensch ? Hicks !" , niemand verstand ihn . " Wassnundenn ? Warumredstenitmitmir ?" , langsam fand sich der Wachsoldat in die Sprechweise seines Vorgesetzten ein wie es schien , jedenfalls antwortete er ihm jetzt , und erklärte warum die drei Fremden schon wieder zum Sultan wollten . Aus glasigen Augen sah Kabulla die Deutschen an . Es dauerte eine geraume Weile bis er begriffen zu haben schien was ihm der Posten berichtet hatte . " Derschultanischnichtgutdrauf ! Hicks ! Andromedarischtkrank ! Hicks ! Unausstehlischischthoheit ! Buurps ! " , taumelnd drehte er sich um seine eigene Achse , winkte über die Schulter den Besuchern ihm zu folgen , dann trat er watschelnd wie eine Ente den Rückweg an . Etwas verwirrt folgten ihm Max und Co . " Wozu brauchen die hier noch ne Wettermaschine ? Auch ohne die irre machenden Kapriolen Deiner Maschine sind die Leute hier bereits verrückt genug !?" , aus Alex sprach der pure Sarkasmus . Weder sein Vater der Prof , noch

Peters gingen auf die spitze Bemerkung des Jugendlichen ein . Wie bereits schon einmal durchschritten die Freunde die langen Korridore des Palastes , passierten Türen zu geheimnisvollen Räumen und konnten hier und da mal einen Soldaten der Wacheinheit erspähen . Dann erreichten sie den Wartebereich des Audienzsaales und wurden von Kabulla dort zurück gelassen . Aus dem Inneren des Saales war kurz darauf lautes Brüllen und Schimpfen , unterbrochen von hilflosen Entschuldigungen , zu hören . Dann wurden die Freunde vor den Sultan gebeten . " Ihr schon wieder ! Warum stört Ihr mich in meiner Trauer ?" , waren die ersten Worte die der Herrscher voller Bitternis an die Deutschen richtete . " Wir haben von Ihrem Kummer mit dem kranken Kamel gehört ! Eventuell können wir Ihnen helfen !" , Max sprach ohne Scheu zu dem Herrscher . " Dromedar !" , der Scheich flüsterte fast . " Er ist ein Dromedar , ein heiliges dazu !" " Und wir können ihm wahrscheinlich helfen ! Schon bald könnte er wieder quietschvergnügt durchs Gatter tanzen !" Der Sultan blickte verwirrt auf Wolfgang . " Dromedare tanzen nicht ! Und was heisst bitte schön quietschvergnügt ? Ich war lange in Deutschland . Zum Studium der Geisteswissenschaften . Aber den Begriff quietschvergnügt hörte ich nie ! Jedenfalls nicht das ich mich daran erinnern könnte !" Wolfgang lief ob dieser indirekten Kritik rot an , stockend erklärte er dem Herrscher Sultaninas was er mit seiner Aussage hatte erklären wollen . Langsam schlich sich ein Schimmer von Hoffnung in die angstvoll versteinerte Miene des Scheichs . Sollten diese verrückten Deutschen wirklich in der Lage sein seinen Liebling zu heilen ? Es kam auf einen Versuch an ! " Und was erwarten Sie als Belohnung für Ihre Dienste ? Ich könnte Ihnen einen dicken Scheck anbieten , ausgestellt auf die Staatsbank von Sultanina ! " , eröffnete er die Verhandlung . " Meine Erfindung !!" , war die einzige , kalt hervorgebrachte Erwiderung Maxens . Ein erstaunter Blick des Sultans , der von Sekunde zu Sekunde mehr vereiste , war die einzige Antwort auf diesen Vorstoß vom Prof ! " Ich habe Ihre Maschine nicht ! Ich sagte es Ihnen schon einmal ! Aber was wollen Sie tun wenn ich Sie festnehmen lasse ? Ich könnte Sie zwingen Andromedar zu behandeln ! Ich könnte seine Heilung mit Ihrem Überleben koppeln ! Wird er gesund okay , wenn nicht sterben auch Sie ! Oder ich lasse Sie in meinen Kerkern verschwinden !" , die Worte des Sultans klangen sehr bedrohlich . " Sicher könnten Sie das tun !" , der Prof schien unbeeindruckt zu sein ! " Aber würde all das

Andromedar wieder auf die Beine bringen ? Sollte die Behandlung fehl schlagen , könnten Sie je sicher sein ob wir unser Möglichstes getan haben ihn zu heilen , ? Oder bliebe da nicht viel eher die Ungewißheit , daß Sie Ihren Schützling vielleicht hätten doch helfen lassen können wenn Sie seine Ärzte nicht unter Druck gesetzt hätten ? Nun muss sich zeigen wie sehr Ihnen Andromedar am Herzen liegt ! Treffen Sie Ihre Entscheidung !"   In den Augen des Scheichs blitzte Unsicherheit auf . Voller Anspannung streckte er sich den Mittelfinger der rechten Hand in den Mund und begann den Nagel abzukauen ! Immer mehr sank er versonnen in sich zusammmen . Schliesslich schien er eine Entscheidung gefällt zu haben . Wie von einer Feder gespannt richtete er sich plötzlich auf , blickte Max an und sagte , : " Ich verspreche nach Ihrer Erfindung fahnden zu lassen ! Sollte ich sie finden erhalten Sie sie zurück , vorausgesetzt Andromedar wird geheilt ! Ist das in Ordnung so ?" Max und Wolfgang sahen sich an , dann suchte ihr Blick den von Alex ! Was sollten sie tun ? " Entschuldigen Sie bitte Hoheit ... ! Dürfte ich mich kurz mit meinen Freunden irgendwo beraten ?" , wandte sich Max schliesslich an den Sultan . " Kabulla !!!!!" , erschrocken fuhr der Majordomus bei diesem Schrei seines Herrschers aus den Kissen hoch , in denen er eingenickt war .

Ein Augenblick der Orientierung , dann geleitete er die Besucher in den vom Scheich bezeichneten Nebenraum , in dem sie sich in aller Ruhe beratschlagen konnten . Viele Möglichkeiten hatten sie ja nicht , was die Beratung vereinfachte . Ein Risiko würden sie wohl auch eingehen müssen um ans Ziel zu kommen , so viel war ihnen auch klar . Aber war dieses Risiko kalkulierbar ? Das machte den Freunden die grössten Sorgen . " Tja , was auch immer wir an Für und Wider ins Feld führen können , eines dürfte gewiss sein ! Der Scheich ist zwar ein Mann mit Bildung und Kultur , aber ist das Garantie genug das , er sein Wort hält ?" , Wolfgang war kritisch . " Die Frage ist nur ob wir andere Sicherheiten beanspruchen können ! Gibt er uns über sein Wort hinaus weitere Garantien ?" " Und selbst wenn er sie uns gibt , warum sollte er, wenn er bereit ist sein Versprechen zu brechen, andere Zusagen einhalten ?" Hin und Her ging die Diskussion . Schliesslich war es Alex der dem ein Ende bereitete . " Der Scheich möchte als ein Mann von Ehre betrachtet werden ! Das geht doch nur wenn er zu seinen Versprechen steht ! Lasst uns ihm vertrauen !" Einen Moment herrschte Ruhe , dann nickten der Prof und Wolfgang zustimmend zu Alex` Worten ! " Du hast Recht mein Sohn ! Er möchte als Mann der Ehre betrachtet werden , also binden wir ihn an ein Versprechen ! Ausserdem , welche Alternative haben wir schon .... !?" Selbstvertrauen mimend betraten die Freunde kurz darauf den Audienzsaal und eröffneten dem Sultan ihren Entschluß . " Selbstverständlich gebe ich Ihnen mein Wort , Freunde ! Wenn ich die Maschine hier in Sultanina finde bekommt Ihr sie natürlich zurück ! Verbunden allerdings mit der Bitte das Ihr mich jedes Jahr für eine Woche bei Euch wohnen lasst . Ihr werdet mich auch nicht bemerken , so stille will ich sein . Aber ich muss zwischendurch mal raus hier . Weg von meinen vielen , zänkischen Frauen und nervenden Kindern ! Wollt ihr mir das versprechen , so habt ihr mein Wort auch !" " Topp, die Watte quillt !" , feixte Wolfgang übermütig , bevor er die Hand dem Scheich entgegen hielt und ihm sagte , : " Give me five , brother !"

11 . In medizinischer Mission

Mit vor Aufregung weichen Knieen liessen sich die Freunde zum Krankenlager Andromedars führen ! Dieser lag total apathisch und in Halbschlaf versunken auf seiner Streu , und bemerkte die Menschen an seinem Gatter überhaupt nicht . Vorsichtig trat Wolfgang von hinten an das Kamel heran , nachdem ihm Kali genauestens über die Krankheitssymptome informiert hatte . Zoologisch gesehen war Andromedar ja eigentlich kein Kamel . Denn Kamele mit einem Höcker wurden von den Biologen Dromedare genannt . Und ein Tier dieser Spezies , genauer ein extra gezüchtetes Renndromedar war der weiße Primus des Sultans ! Während sich Alex mit Kali vom Gatter entfernte um heisses Wasser für einen Erkältungstrunk aufzusetzen , lockte Wolfgang mit Maxens Hilfe den kranken Andromedar auf die Beine . Denn nur wenn dieser stand würde es Wolfgang möglich sein ihm das Thermometer in den After einzuführen , um die Körperwärme zu messen und so festzustellen ob er Fieber hatte . Endlich hatten die Zwei ihn hoch , eiligst setzte Wolfgang das Thermometer an .

" Pfrrrrssstttttsssssss .... !" machte es als das Messgerät den Schließmuskel geöffnet hatte , und Wolfgang stand in einer Wolke übelriechenden Gases ! Nur mühsam gelang es Max und den anwesenden Wissenschaftlern einen Lachkrampf zu verhindern . Wolfgang allerdings war nicht zum Lachen . Ihm war da schon eher übel . Na ja , es bewahrheitete sich eben immer wieder . Wer den Schaden hat , ... ! Und was auch immer Andromedar zu sich genommen haben mochte , der Geruch seines Darmwindes grenzte an Mord . Wolfgang traten Tränen in die Augen ! Tapfer hielt er jedoch sein Thermometer im Schliessmuskel des Tieres fest . Er wollte und musste die Körpertemperatur ermitteln , was auch immer geschehen mochte . Und nach der Giftgasattacke sollte sein Einsatz erst recht nicht umsonst gewesen sein , das war für Peters felsenfest sicher ! Es dauerte einige Minuten , während derer die Anzeige des Thermometers langsam die Skala hinauf kletterte . Dann endlich schien es am höchsten Punkt angekommen zu sein . 38 ° Grad Celsius zeigte das Gerät , normal also . Bei Kamelen lag der Bereich der normalen Körpertemperatur in einer weiten Spanne . So konnten sie sie bei Nacht zum Beispiel auf 34 ° Grad senken , um nicht zu viel Energie zur Aufrechterhaltung der Körperwärme zu verbrauchen . Zum anderen Ende der Skala hingegen fingen die Tiere erst ab einer Körpertemperatur von 40 - 42 ° Grad zu schwitzen an . Andromedars 38 ° Grad waren also total normal . Vorsichtig entfernte Wolfgang das Messgerät aus Andromedars Darm . " Pfffrrrrt !" , machte es erneut , als , begleitet von feuchtem Niederschlag , erneut ein ätzender Darmwind aus dem Tier entfloh . Wolfgang kochte voller hilfloser Wut . Seine Zuschauer bekamen derweil schier Bauchschmerzen , so viel Kraft mussten sie aufwenden um nicht laut los zu brüllen vor Lachen . In diese Stimmung hinein kehrten gerade Kali und Alex mit ihrem heissen Wasser zurück . " Onkel Wolfgang , seit wann hast Du denn Sommersprossen ?" Diese wenigen Worten genügten , um sämtliche Dämme zu brechen ! In tosendem Lärm entlud sich ein Lachgewitter Maxens in das die versammelten Wissenschaftler sofort einfielen , auch ohne daß sie den Sinn von Alex Worte verstanden hatten . Die Situation sprach halt für sich . Nur Alex und Kali standen erstaunt daneben , kannten sie doch den Anlass für diesen Heiterkeitsausbruch nicht . Allerdings war das Lachen der Anderen so ansteckend das auch sie bald mit in den Chor der Lacher einfiehlen ! Zurück blieb nur Wolfgang , dem nun überhaupt nicht zum Lachen , eher zum Weinen war ! Mit einem derben Putzlumpen entfernte er sich die Flecken aus dem Gesicht so gut es ging . Dann ergriff er grollend den Eimer mit dem heissen Wasser und begann seinen Heiltrunk darin zu mixen . Etwas Aspirin gegen die Schmerzen , Kamille und Pfefferminze gegen die Erkältung , Zitrone zur Stärkung der Immunabwehr , sowie einige andere Zutaten mischte Dr. med. vet. Wolfgang Peters in dem Eimer zusammen . Nach wie vor standen dunkle Gewitterwolken der Wut über seinem Haupt . Als er Andromedar den Eimer mit dem Trunk vorsetzte sah ihn dieser nur wuterfüllt an . Nicht den leisesten Ansatz machte er , von dem Heilgetränk zu nehmen . Wolfgang war ratlos ! Dann aber kam ihm der rettende Gedanke ! Er hatte gehört das auch viele Tiere gerne mal berauschenden Genüssen zugeneigt sein sollen . Warum also nicht auch Kamele ? Also kramte er in der Aktentasche in der alle seine Zutaten aufbewahrt waren , und holte schliesslich eine bauchige Glasflasche hervor . Eigentlich hatte Wolfgang den Inhalt der Buddel für sich gedacht ! Wenn er Stärkung bedurfte zum Beispiel ! Oder wenn er etwas Mut brauchen würde weil seine Behandlung nicht anschlug ! Nun aber wollte er damit anderes versuchen ! Nämlich Andromedar zum Trinken seiner Medizin zu bewegen ! Wolfgang geizte nicht mit dem Kräuterschnaps , als er ihn in Andromedars Eimer plätschern liess . Beinahe die ganze Flasche goss er in den Eimer des Tieres . Dann setzte er ihm das Getränk erneut vor . Andromedar schnüffelte erst uninteressiert und mürrisch an dem Gesöff , das ihn der unbekannte Fremde dort anbot . Irgendetwas jedoch in dem Eimer duftete so verlockend das er bald schon voller hektischem Interesse den Inhalt beroch . Immer gieriger sog er dabei den Duft des Eimerinhaltes ein . Endlich setzte er seine Lippen vorsichtig an der Oberfläche der Flüssigkeit an , und begann sie sich einzusaugen . Ein verträumter Ausdruck breitete sich dabei auf dem Antlitz des heiligen Tieres aus . Immer ungeduldiger stürzte er die Flüssigkeit hinunter . " Burrps !" , machte es , als Andromedar nach dem letzten Schluck herzhaft rülpste . Nicht der kleinste Tropfen Tee war im Eimer zurück geblieben , zu gründlich hatte sich das weiße Kamel den anregenden Trunk eingepumpt ! Das Lachen war längst verstummt ! Vielmehr beobachteten nun alle Anwesenden wie Wolfgang dem Tier den Tee schmackhaft gemacht hatte , und was der gute Andromedar nun nach Genuß des köstlichen Saftes wohl tun würde . Und der enttäuschte sein Publikum nicht ! Nach einem kurzen Moment des Verharrens fing er urplötzlich , und für alle Zuschauenden unvorbereitet , an auf der Stelle vor und zurück zu treten . Immer einen Schritt vor , einen zurück ! Beinahe so als folge er dabei einer unsichtbaren Anleitung . Dann fing er an zusätzlich den Oberkörper nach links und rechts hin und her zu wiegen . Zwar schaukelten Kamele immer wild hin und her ! Deshalb nannte man sie ja auch Wüstenschiffe ! Aber man stelle sich mal ein Dromedar vor dessen Oberkörper in seltsam verrenkten Drehungen weit nach links und rechts schwankte , während das Tier an sich stets vor und zurück trat ! Es sah beinahe nach einem geheimnisvollen Tanz aus ! Zusätzlich hatte Andromedar einen derart irren Blick von Heiterkeit in den Augen daß die sultaninischen Wissenschaftler sich sicher waren das er den Verstand verloren hatte . Sie sahen sich bereits halbverdurstet auf rissigen Fußsohlen durch heissen Wüstensand flüchten vor des Sultans Wut . Schließlich waren sie dabei als seinem Liebling der Verstand vergiftet worden war , und sie hatten nichts dagegen getan . Das Lachen war ihnen nun vollends vergangen , vielmehr ergriff nackte Angst Besitz von ihnen ! Gerade fing Andromedar an auf der Stelle auf und ab zu springen . Immer gemeinsam hoben seine vier Beine vom Boden ab , wenn er einen großen Satz hoch in die Luft machte . Hustenerregende Staubwolken wurden aufgewirbelt wenn er wieder auf dem Boden aufsetzte . Und dann kam die Krönung des Ganzen ! Andromedar fing auch noch an zu singen ! Voller Entsetzen rannten die Wissenschaftler davon ! Ihr Schicksal war besiegelt , dessen waren sie sich nun sicher . Andromedar scherte das wenig . In auf und absteigender Tonlage blökte er sein Lied vor sich hin , schwankte dabei von links nach rechts , oder sprang auf und ab , und schien DEN Spaß seines Lebens zu haben ! Kali stand mit weit aufgerissenem Mund dabei und staunte nur ! Einzig die Deutschen schienen zu wissen was mit dem Tier los war ! Und das war nichts Schlimmes , nichts Unvergängliches jedenfalls ! Andromedar war einfach nur ...... beschwipst ! Und das ginge vorrüber . Zwar würde wohl ein kleiner Kater bleiben , aber letztlich würde auch der vergehen . Und wenns dem Tiere helfen würde , umso besser . Vorerst aber hiess es warten . Also verabschiedeten sich unsere Freunde vom Pfleger Kali , nachdem Andromedar endlich , nach einem letzten Lupftsprung in einen tiefen Schlaf gefallen war . Am nächsten Tag wollten sie wieder nach dem Tier sehen , versprachen sie dem verunsicherten Kali , dann gingen sie zum Hotel . Nur Max nicht , der wollte noch etwas spazieren gehen , teilte er seinen Begleitern mit . Das es ihn dabei hauptsächlich zu einer bestimmten kleinen

Gasse hin zog war seinen Begleitern durchaus klar . Sagen taten sie jedoch nichts dazu . Sollte Max doch in dem Glauben bleiben seine Frühlingsgefühle wären den Beiden verborgen geblieben . Wolfgang stand der Sinn eh in erster Linie nach einem reinigenden , kühlendem Bad , denn zu Freierspfaden . Und Alex ? Alex bekam Sehnsucht nach seiner Sabrina als er an die zarten Gefühle seines Vaters dachte . Er würde mal kurz in Deutschland anrufen , nahm er sich vor .

*

Am nächsten Morgen wurden sie früh aus dem Schlaf gerissen ! Ein Soldat der sultanschen Garde war ins Hotel gekommen um die Fremden zu seinem Herrn zu geleiten . Das konnte nichts Gutes bedeuten , ahnten die Deutschen sofort ! Und ihre Ahnung trog sie nicht ! Das stellten sie fest als sie einem wutentbrannten Abdullah ben gott Lich gegenüber standen ! " Was habt Ihr mit meinem Liebling gemacht !? Gestern war er nur verkühlt ! Heute ist er richtig krank ! Frisst nicht ! Trinkt nur! Ganz apathisch ist der Arme ! Ihr habt ihn vergiftet , gebt es zu ! Warum nur ? Habe ich Euch nicht freundschaftlich die Hände entgegen gestreckt ? Und Ihr ? Ihr tötet mein Liebstes ! Wehe Euch , er stirbt ! Ich lege Euch zu ihm ins Grab ! Das schwöre ich !" Der Scheich war nicht zu bremsen in seinem Redefluss . " Langsam ,

Euer Majestät ! Langsam ! Ich bin sicher mit Andromedar ist alles in Ordnung ! Es ist nur die Wirkung der Medikamente , die ihn heute etwas müde macht ! Morgen ist er wieder ganz gesund ! Ihr werdet sehen !" , Wolfgangs Worte beruhigten den Scheich nur teilweise ! Er misstraute den Fremden , das war deutlich zu sehen ! " Gut , dann werdet ihr bei ihm bleiben bis es ihm besser geht ! Ich lasse Euch bei seinem Gatter Schlafplätze herrichten !" Zum Glück hatten die Freunde Wolfgangs Arbeitstasche mitgenommen , so hatten sie wenigstens einige persönliche Sachen mit , Körperpflege würde also kein Problem sein . Da auch die Feldbetten , die kurz später von Bediensteten des Sultans gebracht wurden sehr bequem waren , stand einer angenehmen Nacht im Palast nichts im Wege . Andromedar machte allerdings tatsächlich einen teilnahmslosen Eindruck , es war dem Scheich also nicht zu verdenken daß er sich um ihn sorgte . Das das nur die Nachwehen des Alkohols waren wollten die Freunde lieber nicht verraten . Wussten sie doch nicht wie der Scheich zum Alkohol stand ! In einem muslimischen Staat immer ein Risiko , dachten sie . Aber zum Glück für sie hatte Wolfgang neben vielen anderen Utensilien auch die angefangene Flasche Kräuterschnaps in seiner Tasche . So konnten sie sich die Wartezeit verkürzen . Jedenfalls Wolfgang und Max , Alex würde sich da wohl anders behelfen müssen . Für Schnaps war er eindeutig zu jung , befand Max mit der Autorität des Vaters . Es dauerte nur wenige Stunden , dann hatte sich das Bild des Vortages umgekehrt . Jetzt war es ein erstaunter und verkaterter Andromedar der singenden und tanzenden Deutschen bei ihrem Rausch zusah . Nicht wie am Vortag , wo ihn die Fremden bei seinem Suff beobachtet hatten . Irgendwann hatten die lustigen Zecher aber ihren Antrieb verbraucht und wurden müde . Alex , der ähnlich wie Andromedar in die Zuschauerposition gedrängt worden war , hatte sich längst in seine Decke gerollt und war nun am Schlafen . Nur Andromedar sah zu wie sich Max und Wolfgang mit unsicheren Bewegungen in ihre Schlafdecken wälzten . Und ein versteckter Kali sah es ! Der nämlich war von seiner Neugier getrieben den Fremden in die Katakomben des Parkdecks gefolgt und hatte voller Interesse beobachtet was die Drei dort trieben . Von seinem Bruder Ali , und auch vom Sultan , hatte er schon oft gehört was die Deutschen für ein seltsames Völkchen wären . Als er sie aber dann mit eigenen Augen trinken , singen und tanzen sah , war er sich selbst auch sicher das Die alle einen Sandsturm im Hirn haben mussten ! In Sultanina würde man sich nie derart albern benehmen ! Es sei denn man hatte beim alljährlichen Kamelrennnen an der falschen Pfeife gesogen . Aber das war ja wieder etwas gaaanz anderes ! Nun , da die Fremden endlich unter ihre Decken gerollt waren , schlich sich auch Kali in Richtung seiner Schlafkammer davon . Der nächste Tag sollte zeigen welches Schicksal die Deutschen ereilen sollte , und diese Entscheidung wollte Kali nicht verschlafen . Schließlich gab es in Sultanina selten genug etwas zu sehen , da durfte man nicht fehlen wenn dann doch mal etwas Spannendes geschah ! Neben unseren deutschen Freunden schlief noch jemand seinen Rausch aus übermässigem Alkoholkonsum aus . Kabulla , der Majordomus seiner Majestät Scheich Abdullah ben gott Lich`s ! Also dämmerte man als Trio dem neuen Tag entgegen . Mit dem ersten Morgengrauen riss ein markerschütternder Schrei Andromedars alle Schlafenden aus ihren süssen Träumen . In Windeseile waren die Bewohner des Palastes auf dem Parkdeck zusammen gelaufen . Wieder und wieder stieß das weiße Dromedar seine schrillen Rufe aus , die die Zuhörer bis tief ins Innerste erschütterten . Es schien bald als wolle er nie mehr zum Ende kommen , sondern stattdessen auf ewig mit dem Gebrülle fortfahren . Entsetzt blickte die Menschenmenge im Parkhaus auf das blökende Tier , um in schallendes

Gelächter auszubrechen als sie erkannten das es ein Freudengesang war den Andromedar dort ausstiess , und nicht etwa Wehgeschrei . Und zu allem Überfluss fing das Kamel nun auch noch an in watschelndem Gang vor sich hin zu tanzen ! Ganz so als wolle er sein Publikum nicht enttäuschen . Im Entfernten glich dieses plumpe Getanze dem Wiegen das er im Rausch präsentiert hatte , nur waren seine Schritte jetzt sicherer als unter dem Einfluß des Schnapses . Zudem schienen seine Lefzen in einem freudigen Krampf erstarrt zu sein , so das das hämische Grinsen nicht mehr aus seinem Antlitz entwich . Seinem Herrn und Meister , ben gott Lich , rannen Flüsse aus Tränen über das Gesicht ! Die Rührung seinen Liebling wieder gesund , und wohlvergnügt wie beinahe nie zu sehen öffnete beim Scheich alle Dämme . Voller Dankbarkeit wandte er sich an die Deutschen und nahm sie reihum immer wieder in den Arm um sie zu drücken und zu herzen . Mit seinen Freudentränen durchtränkte er dabei ihre Kleidung bis auf die Haut . Er konnte sich nicht erinnern wann er zum letzten Mal sooo glücklich gewesen war ! Ein freudiges Stimmengewirr setzte ein . Alle sprachen durcheinander ! Jeder wollte jedem erzählen , wie sehr er sich freute das es Andromedar nun besser ginge . Und der besagte hüpfte hocherfreut in seinem Gatter herum , ganz so als wolle er zu dem herrschenden Gesumm der Stimmen tanzen . " Ein Fest ! Ich ordne ein Fest an ! Ganz Sultanina soll meine Freude teilen ! Drei Tage lang ein Staatsfest ! Hurra !" , durchbrach des Sultans kräftige Stimme den Lärm der Anwesenden . Sofort fielen alle in sein " Hurra !" ein . Selten gab es Anlass zum Feiern in einem armen Land wie es Sultanina war , aber wenn es den mal gab dann wurde richtig gefeiert ! In den nächsten drei Tagen würde es in ganz Sultanina nicht einen Menschen geben der sich seine Armut ins Gedächtnis rufen würde ! Nur Spaß an der Freude und am Leben , sowie ausgelassene Heiterkeit beschäftigte die Leute . So waren eben die Menschen in Sultanina ! Arm , aber wenns dann mal ans Feiern ging gerne ausgelassen fröhlich . Max und Co waren begeistert ob dieser Ausgelassenheit der Menschen . So manche Freundschaft schlossen sie . Viele nette Menschen lernten sie kennen . Unter den Feiernden befand sich selbstverständlich auch Fatima , Sekretärin des Geheimdienstes . In weiter , alles verhüllender Kleidung , die einzig eine kleine Hautpartie um die Augen herum frei ließ , war sie kaum wieder zu erkennen ! Aber wie es eben so ist im Leben , auch die längste Feier endet mal . Und selbst wenn es ein Fest war das drei Tage dauerte , auch dann ging es mal zu Ende ! So standen unsere Freunde dann auch plötzlich am Flughafen von Samu - Rai , die Koffer gepackt in den Händen , die Wettermaschine verstaut im Gepäckraum ihres Fliegers , und nahmen Abschied . Der Sultan war gekommen . Ins ge Heim war da . Kali , Kabulla und viele Andere waren am Flughafen . Und auch Leila war dort . Mit traurigem Blick , eine einsame Träne in den Augenwinkeln sah sie zu wie ihre neuen Freunde von ihren Landsleuten verabschiedet wurden . Sie würde sie vermissen , arg vermissen ! Soviel war Leila sonnenklar . Besonders den Prof in seiner liebenswerten , mitunter recht zerstreuten Art würde sie schmerzlich missen . Das Herz war ihr schwer , der Abschied kostete sie viel Kraft . Da änderte auch die Tatsache daß sie in 6 Wochen nach Hannover fliegen würde , um ihre Freunde in Altmühltal zu besuchen , nichts daran . 6 Wochen waren eine lange Zeit , erst recht wenn man jemanden vermisste den man gern hatte . Dafür freute sich jemand anderes über alle Massen . Sabrina nämlich ! Seit Alex`Anruf das er auf dem Heimweg sei schwebte sie wie auf Wolken . So ist das Leben . Des einen Leid ist des anderen Freud ! Endlich waren die Freunde durch den Abschiedszirkus hindurch und gingen über das Rollfeld zu ihrem Flugzeug hin . Ein letzter Blick zurück , einzig Leila stand noch an der Absperrung. Die Anderen waren also wohl schon heim gegangen ! Die Freunde winkten der Schönen ein letztes Mal dann setzten sie den ersten Fuß auf die Stufen der Gangway . Der Arbeiter der dort stand um zu verhindern das die Rolltreppe verrutschen konnte nickte ihnen freundlich zu . Nur wenige Sekunden dann würden sie den Boden Sultaninas verlassen haben . Da war es wieder ! " Pi , pa , po !" Wie vom Blitz getroffen , oder der Tarantel gestochen , oder wie auch immer ..... ! Wolfgang schnellte in Lichtgeschwindigkeit mit dem Oberkörper herum , einen dümmlichen Blick auf den Arbeiter werfend ! In landesüblichem freundlichem Lächeln sah der dem Deutschen in die Augen , nickte kaum merklich mit dem Kopf , dann wiederholte er , : " Pi , pa , po!" Wolfgang blieb das Herz stehen ! Was zum Teu....... , er machte auf dem Hacken kehrt und lief mit schnellen Schritten auf Leila zu . Diese , den Grund für Wolfgangs Verhalten ja nicht kennend , dachte sofort er habe den Verstand verloren . " Die Hitze halt ! Die hat schon manchen geschafft ! Was mache ich nun mit dem Armen ?" , dachte die Hübsche während Wolfgang auf sie zu gelaufen kam . Völlig ausser Atem erreichte Wolfgang schließlich die Freundin , und bekam erst einmal kein Wort heraus ! Was er sagen wollte ging in wildem Gekeuche und Gepuste unter . Endlich meinte Leila etwas zu verstehen ! Es klang beinahe wie , : Pi , pa , po !" Aber da musste sie sich verhört haben , das konnte nicht sein ! Und Wolfgang war noch immer nicht bei Atem . Wie konnte auch jemand bei einer Hitze von 39° im Schatten einen solchen Sprint veranstalten ? Leila verstand die Deutschen manchmal nicht . Obwohl , ihr Prof , der war da ganz anders ! Das stand schon mal fest ! Und endlich kam nun Wolfgang wieder zu Atem . " Leila , entschuldige falls ich Dich erschreckt habe ! Aber ich werde noch verrückt .... ! Ich MUSS wissen was dieses verflixte Pi , pa , po heißt !?" Leila sah den Deutschen entgeistert an ! Woher sollte sie denn wissen .... ? Wenn er es nicht wusste ? " Wolfgang , das sollte ich höchstens Dich fragen ! Schließlich kommt es doch aus Deinem Land ! Ich weiß es nicht !" " Aus meinem Land ?" , Wolfgang verstand nicht . " Ja , aus Deinem Land ! Unser Scheich hat in seiner Jugend in Deutschland studiert . Zu seinem Schutz hat ihm sein Vater , bin gott , Allah hab ihn gnädig , Yussuf , den Sohn des damaligen Geheimdienstchefs mitgeschickt !" " Ja und ? Was hat das mit Pi , pa , po zu tun ?" Wolfgang verstand noch immer nicht ! " Nun , als sie zurück kamen sagten sie immer Pi , pa , po ! In Deutschland gab es Autos mit allem pi , pa , po !

Oder , so ne Jacht mit allem Pi , pa , po , das wärs schon ! Usw. Niemand verstand was das ist ! Pi , pa , po ! Aber das es was tolles sein muss verstand man schnell ! Wurde es vom Scheich doch ewig erwähnt ! Und so nahm es Einzug in unsere Sprache ! Aber jetzt verrate Du mir , was heißt es denn nun eigentlich ?" Für einen Augenblick war Wolfgang sprachlos , dann schlug er sich mit der flachen Hand auf die Stirn während er in schallendes Gelächter ausbrach . " Ich Idiot ! Ich gottverdammter Idiot ! Leila ich erkläre es Dir später einmal , im Moment geht es nicht !" , zwischen dem Gewiehere Wolfgangs waren seine Worte kaum verständlich , dennoch verstand Leila was er sagte . Die Worte jedenfalls , den Sinn verstand sie nicht ! Noch immer schüttelte sich Wolfgang vor Lachen aus , auch noch als er in den Flieger kletterte ! Auf dem Flug nach Hause klärte er seine Begleiter über das ominöse Pi , pa , po auf , was auch ihnen einige Heiterkeitsanfälle bescherte ! Deutschland , sie kommen !

12. Wieder Daheim ! Oder , Ende gut , Alles gut !

Deutlich konnten die Freunde den Maschsee erkennen als der Flieger zur Landung in Hannover ansetzte . Ihre Heimat begrüßte sie in strahlendem Sonnenschein ! Ganz so wie es sich aus der Fremde Heimkehrende von ihrer Heimat erwünschten . Nun war also doch noch alles gut geworden . Ein verrücktes Abenteuer hatte sein Ende gefunden . Relaxen war das vordergründige Ziel der Freunde . Von Aufregungen hatten sie genug . Und ihr Wunsch sollte in Erfüllung gehen , so schien es jedenfalls . In Langenhagen , Hannovers Flughafen , wurden sie von Sabrina empfangen , die ununterbrochen mit Engelszungen so lange auf ihre Mutter eingeredet hatte bis diese mit ihr hierher gefahren war den Freund zu empfangen . In Altmühltal wäre alles ruhig , berichteten die Frauen . Nur so ein seltsamer Kauz der ständig angelte war als einzig Fremder in dem verschlafenen Nest in der Heide verblieben . Doch dieser hatte einen Haufen Probleme , was ihm allerdings niemand ansah . Seine Abteilung hatte ihn nämlich strengstens angemahnt endlich einen Tätigkeitsbericht abzuliefern . Eine Abgeordnete des Innenausschusses des Bundestages hatte gar ein Dienstaufsichtsverfahren wegen verschleudern von Steuergeldern angedroht . Spürner empfand das alles als Zumutung ! Sah denn niemand wie sehr er sich für sein Vaterland aufrieb ? Wie arg er sich krumm legte zur Erfüllung seines Dienstes ? Er musste sich erst einmal beruhigen . Und was war besser zur Nervenberuhigung geeignet als Angeln ? Also befand er sich gerade mal wieder mit Angelrute und Eimer auf dem Weg zu einem der Altmühltaler Forellenseen . Armer , überarbeiteter Beamter , der er war ! Karl Bossehoff , der sich gerade auf dem Weg zu einer Sitzung des wiedererstarkten Kleeblättchens befand , sah Spürner im Heidewäldchen verschwinden und fragte sich was der Mensch wohl mit den vielen gefangenen Fischen anfangen wollte . Wenn er die alle äße würde er längst selbst aussehen wie ein Fisch ! " Aber egal Karl !", dachte er bei sich . Sollte der doch mit dem Fisch machen was er wolle , falls er überhaupt welchen finge . Er , Karl , musste dringend zu seinem Freund Hans Georg weiter eilen . Der hatte nämlich das Kleefeld einberufen , um etwas eminent wichtiges mit ihnen zu diskutieren . Da blieb also keine Zeit zum Trödeln oder ähnlicher Zeitvertreibe . Karl stapfte weiter . Nur wenige Minuten nach seinem Zusammentreffen mit dem Geheimdienstler kam Karl bei dem Kleestamm , wie er den Mittelpunkt des Kleeblattes insgeheim für sich nannte , an . Nur Ewald Schaum fehlte noch , dann wäre das vierte Blättchen anwesend , das Kleeblatt komplett . Und da klingelte es bereits nochmals , und als Wollenwein vom Öffnen zurück kehrte folgte ihm Schaum . " Was ist denn nur los ? Was ist denn so present ?" , fragte er in die Runde . Die übrigen sahen sich erstaunt an . Was meinte Ewald denn nun wieder mit seiner Aussage ? Da hatte Hans Georg einen Gedanken ! " Du meinst pressant , Ewald ? Im Sinne von dringend ? Wenn es eilt , ja ? Lass doch bitte die Fremdworte weg , wenn Du sie nicht richtig verstehst !" , Wollenwein klang ungeduldig. " Ja , ja , sei doch nicht so intorpediert!" , entgegnete Ewald gleichgültig . " Intolerant !" dachten drei Freunde gleichzeitig , während sie leis vor sich hin grinsten . " Die Wettermaschine kehrt zurück , ich weiß nicht ob Ihr es schon gehört habt !?" , eröffnete Hans Georg das Gespräch , ohne noch weiter auf Ewalds Fehlbemerkungen einzugehen . " Die Wettermaschine ?" " Woher weißt Du ... ?" " Nicht schon wieder dieses verbalhornte Teufelsding .. !" , das war Ewald . " Vermaledeite ! Meintest Du vielleicht vermaledeite ?" , fragte ihn Karl . " Egal , " antwortete Ewald , : " ob nun verbalhornt oder vermaledeit ! Ich will mit dieser

Maschine nichts mehr am Hut haben ! Haben wir nicht genug Ärger deswegen gehabt ? Und nicht nur wir ? Auch andere !" " Aber , jetzt sind die Fremden alle verschwunden aus Altmühltal ! Wir können also ungehindert tätig werden ! Das ist unsere Chance !" , entgegnete Hans Georg . " Nicht alle Fremden sind verschwunden ! Dieser Dauerangler rennt hier immer noch rum , von dem niemand weiß wer er ist , und was er hier sucht !" , hielt Karl dagegen . Es entwickelte sich sofort eine hitzige Diskussion zwischen den Vieren . Einige Strassen weiter betrat gerade Arthur Werber die Wohnung seines Bruders . " Klaus , warum hast Du mich angerufen ? Was gibt es so wichtiges , das mich eiligst zu Dir bringen soll ?" " Max Müller kommt heim ! Er hat die Maschine dabei ! Unsere Chance unsere Pläne doch noch umzusetzen ist jetzt da ! Was hältst Du davon ?"

Von all diesen Vorgängen wussten die Freunde selbstverständlich nichts . Ja , sie ahnten nicht einmal im Entferntesten das ihre Rückkehr solche Kreise zog . Eine einfache Bemerkung Sabrinas , die sie im Hotel ihres Onkels hatte ihrer Mutter gegenüber fallen lassen um sie zu überzeugen mit ihr nach Langenhagen zu fahren , hatte die Meldung über die Rückkehr der drei Reisenden in Windeseile in Altmühltal verbreitet , und hatte eben leider auch jene erreicht die es besser nicht erfahren hätten ! Unbeschwert fuhren die Heimkehrer unterdessen im Wagen Maria Tollas auf Altmühltal zu , die Apparatur der Begierde im Kofferraum verstaut . Froh , den Aufregungen und Ärgernissen um die Erfindung ein für allemal entkommen zu sein . Ein für Allemal entkommen ? Wirklich ?

In Eisewindbraus , einem kleinen Ort in der Nähe des nördlichen Poles betrat Tex Walker die kleine Bar des Ortes und bestellte sich einen Whiskey . " Tex , Sie hier ? Schön Sie zu treffen , wie geht es Ihnen ?" Verwundert hier in dieser Einöde mit Namen angesprochen zu werden , drehte sich Tex dem Herkunftsort der Stimme entgegen und hielt nach dem Sprecher Ausschau ! Und da entdeckte er ihn auch schon . Seine Überraschung und Freude war echt , als er ausrief , : " Simone ! Das ist ja riesig Sie hier zu sehen ! Wie geht es Ihnen ? Was machen Sie hier ? " . " Oh , Pierre und ich sind nach unserem Einsatz damals in Deutschland hierher versetzt worden ! Ganz wichtiger Spezialauftrag ! Supergeheim ! Supergefährlich ! Nur für Spitzenleute geeignet !" , Simone tat wichtig . " Aha ! Auch strafversetzt , ja !?" , Tex war nicht zu beeindrucken . " Ja , stimmt ! Sie also auch Tex ? Lassen Sie uns an einen Tisch setzen , eine Kleinigkeit trinken , etwas essen vielleicht .

Dann können wir uns ja alles erzählen , was sich so ereignet hat !" Gesagt , getan ! Bald sassen die Beiden an einem Tisch in einer stillen Ecke und berichteten sich gegenseitig wie es ihnen nach ihrem Einsatz in Deutschland ergangen war . Simone erfuhr auf diese Weise das Tex ganz in der Nähe von Eisewindbraus ein Gewächshaus gebaut hatte , in dem er nun versuchte Schnee und Eis wegzutauen, um dann Stiefmütterchen zu säen ! Im Gegenzug erfuhr Tex von Simone das sie mit Pierre den Auftrag erhalten hatte in dieser Region französische Kühlschränke zu verkaufen . Trotz aller Widrigkeiten hatten sie es sogar geschafft ein Gerät abzusetzen . Allerdings war der Käufer ein uraltes Männchen , von dem die Einheimischen sagten daß er nicht mehr richtig im Kopf wäre ! Aber egal , sie hatten ihm den Kühlschrank verkauft und geliefert , der Rest konnte ihnen egal sein . Dann aber hatte sich Piere in ein junges Eskimomädchen verguckt , und schon stand Simone alleine da . Nach einer ganzen Weile , in der sich Tex mit amerikanischem Bourbon , und Simone mit gutem portugiesischem Wein getröstet hatten , keimte der Gedanke in den Zweien auf ihren Job hinzuschmeissen . Zwar verloren sie dann sichere Einkünfte und eine nicht zu verachtende Altersversorgung , aber so dankbar war im Gegenzug ihre Aufgabe hier nicht , das sie versessen darauf wären sie erfolgreich zum Ende zu bringen . Und dann war da eine Idee in ihnen aufgekeimt die größeren Erfolg , sowie finanzielle Unabhängigkeit versprach wenn sie funktionierte . Man brauchte da nur eine bestimmte Erfindung in die Hände bekommen , und der Welt beweisen das es sie gab und das sie funktionierte ! Dann würden die Interessenten Schlange stehen um ihr Geld in die Nutzung des Apparates zu stecken , und Tex und Simone hätten ausgesorgt ! Beflügelt von ihrem Gedanken , und beseelt von der gemeinsamen Aufgabe gingen die Zwei Neukollegen gemeinsam ins Bett . Ein neues Paar hatte sich gefunden , gefunden in einer gemeinsamen Mission ! Oh , oh , Deutschland gib acht !

Lesen Sie auch :

Warum nur hasst Ihr uns ?   ISBN 3-8311-0077-2

In diesem Buch wird die Geschichte der Sioux und
ihrer Verbündeten in den Jahren 1864 - 1890
geschildert . Der kulturelle und geschichtliche
Hintergrund ist Tatsache , die erzählte Geschichte
hätte sich also genau so ereignen können .